# 熊熊沒事學英文單字

無尾熊學校・著
吳羽柔・譯

課本絕對學不到的
**2000+**
超日常詞彙

完全不勉強，史上最輕鬆！
熊熊一下就看完的單字書！

# 前言

大家好。

我是無尾熊學校的校長 Koatan。我每天都會在 X（Twitter）和 Instagram 發文帶大家快樂學習英文。另外，我也有在 YouTube 上教大家如何開心且有效率的學英文。

每天都有正在學習英文的學生告訴我，說我的教學「比教科書更好懂」、「好希望學生時期就有這樣的教材」。另外學校的老師也會來詢問是否能在課堂上使用我的教材。大家的好評是對我最大的鼓勵。

我的前一部作品《圖像式學習法：跟著無尾熊學習正確的英文語感》在日本銷售突破 10 萬本，有眾多讀者來購買支持。真的非常感謝大家。

聽過我的經歷後，經常會有人來問我是不是英文專家？是不是原本英文就很好？事實正好相反。

我過了 20 歲才第一次出國，當時的我上了大學，終於實現到加拿大留學的心願。不過我過去既沒有海外留學經驗，英文能力也並不出眾。當時就連在咖啡廳點杯咖啡都很困難。在超市裡想要買東西，也沒辦法開口詢問店員商品在哪裡。

「這個詞／這句話英文該怎麼說？」

我那時才深刻意識到，原來很多日常生活裡經常會用到的、基本且重要的字彙和片語，學校裡是不會教的。

「無法用英文表達想說的意思，所以乾脆就不說了。」

「聽不懂對方問句中的單字，只好假笑矇混過關。」

「只會用簡單的單字，說不出真正想表達的意思，感覺好挫折。」

我想正在學習英文的你們應該都曾經有過這樣的感受。我也曾因為英文丟過好幾次臉，覺得很不甘心。但我並不因此受挫，持續精進自己，現在在澳洲的公司工作。

想起學生時期曾經煩惱過「英文單字難道只能硬背嗎⋯⋯？」的自己，我動筆寫了這本書。

這世界上充滿了各種教導日常生活用語的英文教學書。不過，要單純把書中列出的英文單字一個一個背下來，其實非常痛苦。這一點對於曾因為英文而受挫的我再清楚不過了。

因此本書中，我特別用可愛的插圖將單字視覺化，讓圖像第一眼就能印在腦海裡。另外，我將每一個跨頁都設定為一個主題，讓讀者能以心智圖的方式把相關單字一起記起來。其中包含了語感各不相同的單字、不同場合會應用到的單字群、有著有趣變化型的單字。在閱讀本書時，大家將能把不同單字在腦中串起來，逐步增加自己的單字量。

請大家帶著好奇心，以一天一個跨頁的節奏，隨機翻到你喜歡的頁面閱讀吧！你一定能在其中發現自己曾經想說，但無法用英文表達的詞彙。

這世界上沒有比能多讓一個人感覺到「學英文好有趣！」更令我開心的事了。

接下來，歡迎進入不可思議的有趣英文單字世界！

**「無尾熊學校」校長**
**Koatan**

# 給台灣讀者的話

各位台灣讀者好！我是一位土生土長的日本人，現在正在澳洲工作。如同我前面提過的，我原本英文真的很不好，是後來經過努力學習，才終於取得了商務水準的英文實力。

我平常都是透過社群媒體和書籍的方式分享英文學習相關知識給日本人，這次很開心有機會在台灣出版本書。

我在寫作這本書的核心想法是要「徹底同理英文不好的人」，因此我刪除了過長的解說及難懂的用語，並使用大量可愛的插圖，使讀者可以用視覺來輔助理解。藉由這樣的設計，讀者不需要透過翻譯來理解單字，而是可以直接連結圖像與英文，讓本書變成一本更實用的英文學習書。

另外，我還在專欄裡加入許多學校裡不會教的超實用單字、各國文化介紹及有趣的慣用語等教科書中絕對看不到的內容，讓不喜歡學英文的讀者也能夠快樂學習，而且不會感到無趣。

這本書在日本出版之後，常常有讀者傳來「書中內容比學校的英文課更好懂、更有趣！」、「希望學校把它納為教科書！」等回饋，我希望這本書也能讓台灣讀者感受到學習英文的有趣之處！

**「無尾熊學校」校長**
**Koatan**

# 目次 CONTENTS



## 1 情緒、感官

# 2 日常生活

# 3 料理

# 4 學校生活、交朋友

# 5 身體、健康

# 6 潮流、時尚

# 7 職業、商務

# 8 計算、數學

# 9 動物

## 特色 1

# 搭配可愛插圖來加深記憶！

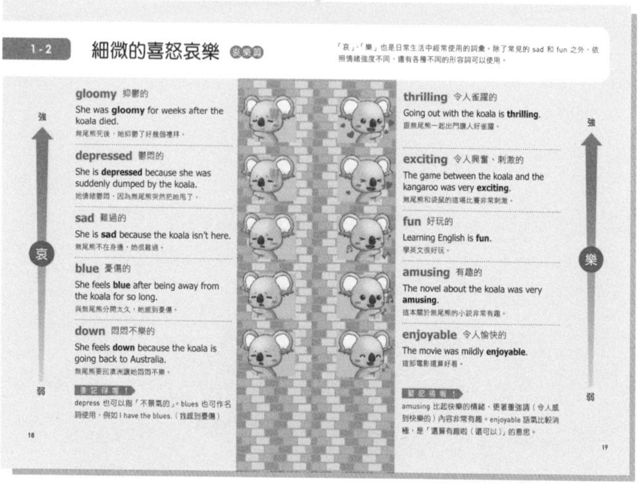

1-2 細微的喜怒哀樂

「哀」、「樂」也是日常生活中經常使用的詞彙。除了常見的 sad 和 fun 之外，依照情緒強度不同，還有各種不同的形容詞可以使用。

強 / 哀 / 弱

**gloomy** 抑鬱的
She was **gloomy** for weeks after the koala died.
無尾熊死後，她抑鬱了好幾個禮拜。

**depressed** 鬱悶的
She is **depressed** because she was suddenly dumped by the koala.
她情緒鬱悶，因為無尾熊突然把她甩了。

**sad** 難過的
She is **sad** because the koala isn't here.
無尾熊不在身邊，她很難過。

**blue** 憂傷的
She feels **blue** after being away from the koala for so long.
與無尾熊分開太久，她感到憂傷。

**down** 悶悶不樂的
She feels **down** because the koala is going back to Australia.
無尾熊要回澳洲讓她悶悶不樂。

depress 也可以指「不景氣的」。blues 也可作名詞使用，例如 I have the blues.（我感到憂傷）

18

強 / 樂 / 弱

**thrilling** 令人雀躍的
Going out with the koala is **thrilling**.
跟無尾熊一起出門讓人好雀躍。

**exciting** 令人興奮、刺激的
The game between the koala and the kangaroo was very **exciting**.
無尾熊和袋鼠的這場比賽非常刺激。

**fun** 好玩的
Learning English is **fun**.
學英文很好玩。

**amusing** 有趣的
The novel about the koala was very **amusing**.
這本關於無尾熊的小說非常有趣。

**enjoyable** 令人愉快的
The movie was mildly **enjoyable**.
這部電影還算好看。

amusing 比起快樂的情緒，更著重強調（令人感到快樂的）內容非常有趣。enjoyable 語氣比較消極，是「還算有趣啦（還可以）」的意思。

19

## 特色 2

# 羅列生活裡不知道怎麼說的單字！

2-8 不知道怎麼說的天氣現象

大家應該知道基本的三個天氣單字：sunny（晴朗的）、cloudy（陰的）、rainy（下雨的）吧？那麼其他的天氣該怎麼說呢？一起來學 weather forecast（天氣預報）中會出現的單字吧！

| | | |
|---|---|---|
| heavy rain 豪雨 | light rain 毛毛雨 | drizzle 細雨 |
| shower 陣雨 | evening shower 午後陣雨 | rainstorm 暴風雨 |
| fog | mist 薄霧 | haze 霧霾 |

| | | |
|---|---|---|
| flurry 小陣雪 | blizzard 暴風雪 | sleet 霙 |
| hail 冰雹 | hailstone 雹塊 | frost 霜 |
| thunder 雷 | lightning 閃電 | thunderstorm 雷雨 |

…in the evening.（今天天氣大致晴朗，

Tomorrow will be the sunniest day of the weekend, with pleasant temperatures between 18 and 23 degrees Celsius and light breezes.（明天是本週末最晴朗的一天，氣溫宜人，約介於攝氏 18 至 23 度之間，並有微風吹拂。）

63

### 登場角色 1 無尾熊男孩 Koatan

## 特色 3

# 1 跨頁 1 主題，超容易閱讀！

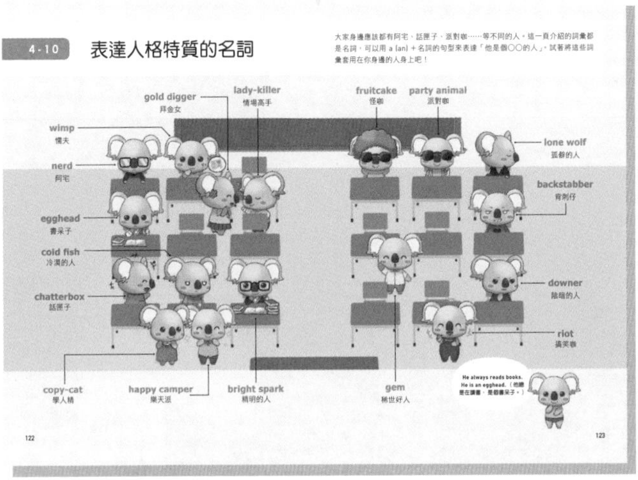


## 特色 4

# 在 column 分享各個主題相關小知識！

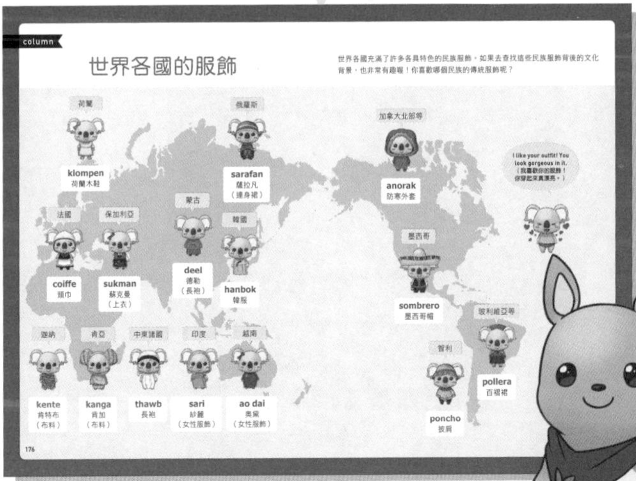

袋鼠女孩 Rutan　登場角色 2

# 1

# 情緒、感官

說到「開心」，腦中只會浮現 happy……

要表達「累死了」，永遠只說得出 tired……

你是否也曾希望能更精準的表達自己的心情和感受呢？

在這一章，我們一起來學習更豐富的情緒詞彙吧！

# 1-1 細微的喜怒哀樂 喜怒篇

強

喜

弱

## overjoyed 狂喜的

She was **overjoyed** that the koala proposed to her.

她被無尾熊求婚，心情激動狂喜。

## delighted 歡欣的

She was **delighted** that she was able to hold the koala.

能夠擁抱無尾熊，她非常歡欣。

## glad/happy 開心的

She seemed **glad** to see the koala.

她看起來很開心能見到無尾熊。

## relieved 鬆一口氣的

She was **relieved** that the koala is safe.

無尾熊安全無事，她鬆了一口氣。

## comforted 感到寬慰的

She was **comforted** by the news that the koala passed the exam.

得知無尾熊通過了考試，她感到寬慰。

**要記得喔！**

glad 是表現「開心、感謝、鬆一口氣的心情」，而 happy 則是用來表現「幸福、滿足的心情」。

雖然都是「喜」、「怒」，依照情緒強度不同，需要用不同的詞彙來表現。如果發現自己總是在用 happy 或 glad，不妨試著用用看其他的單字，讓自己的情緒表達更加豐富！

## furious 怒不可遏的

She was **furious** when the koala cheated on her.

無尾熊腳踏兩條船，使她怒不可遏。

## mad 憤怒的

She got **mad** when the koala told a lie.

無尾熊對她説謊時，她非常憤怒。

## angry 生氣的

She got **angry** when the koala ate her pudding.

無尾熊吃掉她的布丁時，她很生氣。

## upset 不悦的

She was **upset** when the koala was late.

無尾熊遲到使她不悦。

## frustrated 感到挫敗的

She feels **frustrated** when the koala doesn't understand her.

無尾熊無法理解她，讓她覺得很挫折。

**要記得喔！**

mad 指「抓狂、瘋狂」，而 be mad about 是指「熱衷於……」，可以表達正面的語意。

# 1-2 細微的喜怒哀樂 哀樂篇

強

## gloomy 抑鬱的

She was **gloomy** for weeks after the koala died.

無尾熊死後，她抑鬱了好幾個禮拜。

## depressed 鬱悶的

She is **depressed** because she was suddenly dumped by the koala.

她情緒鬱悶，因為無尾熊突然把她甩了。

## sad 難過的

哀

She is **sad** because the koala isn't here.

無尾熊不在身邊，她很難過。

## blue 憂傷的

She feels **blue** after being away from the koala for so long.

與無尾熊分開太久，她感到憂傷。

## down 悶悶不樂的

She feels **down** because the koala is going back to Australia.

無尾熊要回澳洲讓她悶悶不樂。

弱

**要記得喔！**

depress 也可以指「不景氣的」。blues 也可作名詞使用，例如 I have the blues.（我感到憂傷）

「哀」、「樂」也是日常生活中經常使用的詞彙。除了常見的 sad 和 fun 之外，依照情緒強度不同，還有各種不同的形容詞可以使用。

**thrilling** 令人雀躍的

Going out with the koala is **thrilling**.

跟無尾熊一起出門讓人好雀躍。

**exciting** 令人興奮、刺激的

The game between the koala and the kangaroo was very **exciting**.

無尾熊和袋鼠的這場比賽非常刺激。

**fun** 好玩的

Learning English is **fun**.

學英文很好玩。

**amusing** 有趣的

The novel about the koala was very **amusing**.

這本關於無尾熊的小說非常有趣。

**enjoyable** 令人愉快的

The movie was mildly **enjoyable**.

這部電影還算好看。

**要記得喔！**

amusing 比起快樂的情緒，更著重強調（令人感到快樂的）內容非常有趣。enjoyable 語氣比較消極，是「還算有趣啦（還可以）」的意思。

1-3

# 難以表達的情緒 ①

**I'm fed up.**

膩了的

**I'm sick of this.**

感到厭倦

**I'm disgusted.**

覺得噁心

**I'm disappointed.**

失望的

**I'm desperate.**

絕望的

**I'm anxious.**

焦慮的

**I'm scared.**

害怕的

**I'm overwhelmed.**

難以承受

**I'm restless.**

感到不安

**I'm sorrowful.**

感到悲痛

**I'm hesitant.**

猶豫的（不想做某事）

**I'm pessimistic.**

（對某事）感到很悲觀

應該不少人曾經在說英文時，因為無法準確的表達自己的情緒而感到挫折吧？
這裡整理了一般人難以用英文表達的各種情緒。

**I'm nervous.**
緊張的

**I feel insecure.**
不安的

**I'm shocked.**
感到衝擊

**I'm annoyed.**
覺得惱怒

**I'm lonely.**
寂寞的

**I'm hurt.**
感到受傷

**I'm embarrassed.**
覺得尷尬、難為情

**I'm jealous.**
嫉妒的

**I'm envious.**
嫉妒的

**I'm stuck.**
陷入困境（毫無對策）

**I feel humiliated.**
感到難堪

**I'm uncertain.**
因看不清未來而不安

# 1-4 難以表達的情緒 ②

**I'm troubled.**
苦惱的

**I'm grumpy.**
心情暴躁

**I'm flustered.**
手忙腳亂的

**I'm doubtful.**
抱持懷疑

**I'm skeptical.**
持懷疑態度的

**I feel guilty.**
有罪惡感

**I'm thirsty.**
口渴的

**I'm starving.**
肚子餓到不行

**I'm bursting.**
尿急的

**I'm content.**
感到滿足

**I'm motivated.**
充滿幹勁

**I'm positive.**
積極樂觀

大家平常想用英文表達卻想不起該怎麼說的各種情緒還有很多，一起趁這個機會全部記起來吧！

**I'm serious.**

認真的

**I feel secure.**

感到安心

**I'm cool.**

沒事、冷靜

**I'm relaxed.**

放鬆的

**I'm enthusiastic.**

積極熱情的

**I'm curious.**

充滿好奇

**I'm touched.**

被感動的

**I'm confident.**

有自信的

**I'm proud.**

感到驕傲

**I feel something.**

怦然心動

**I'm captivated.**

被吸引的

**I'm so happy I could die.**

開心到死了也甘願

# 1-5 各種不同方式的笑

## smile

微笑

**The koala smiled at a baby next to him.**

無尾熊對著隔壁的寶寶微笑。

## laugh

笑出聲來

**The koala often makes me laugh.**

無尾熊時常讓我開心大笑。

## giggle

咯咯笑

**The koala giggled at a dad joke.**

無尾熊被一個冷笑話逗得咯咯笑。

## grin

咧嘴笑

**The koala grins at me evilly.**

無尾熊對我露出邪惡的笑容。

我們通常是在「笑」這個動作上加上修飾詞，來表達不同笑的方式，如「微微一笑」和「哈哈大笑」。而英文則是以不同的動詞來形容各種的笑。

## chuckle

暗自輕笑

**He chuckled at the koala's story.**

他聽了無尾熊的故事後暗自輕笑。

## guffaw

哈哈大笑

**He guffawed at the koala's story.**

他聽了無尾熊的故事後哈哈大笑。

## sneer

嘲笑

**We should not sneer at the koala.**

我們不該嘲笑無尾熊。

## snicker

竊笑

**He snickers behind the koala's back.**

他背著無尾熊竊笑。

# 1-6 各種不同方式的哭

## cry
哭出聲來

**The koala cried when he broke up with the kangaroo.**

無尾熊跟袋鼠分手時哭了出來。

## sob
啜泣

**The koala sobbed when he left Australia.**

無尾熊在離開澳洲時啜泣。

## whimper
抽噎地哭

**The koala was whimpering when he got lost.**

無尾熊在迷路時抽噎地哭。

## blubber
哇哇大哭

**The koala blubbered when the kangaroo kicked him.**

被袋鼠踢的時候，無尾熊哇哇大哭。

與前面的「笑」相同，英文裡針對不同的哭泣方式會分別使用不同的動詞來表達。將這些單字與插圖串聯起來，一起快樂地學習新單字吧！

## wail

慟哭

**The koala wailed when his father passed away.**

無尾熊在他父親過世時慟哭。

## bawl

放聲大哭

**The koala bawled when his mother scolded him.**

無尾熊被母親斥責時放聲大哭。

## weep

哭泣

**The koala wept upon hearing the news.**

無尾熊聽到這則新聞時哭了出來。

## shed tears

流淚

**After the game, the koala shed tears of joy.**

比賽後，無尾熊流下喜悅的淚水。

**要記得喔！** shed tears 指「流淚」，不過若將 tear（眼淚）改為單數形，shed a tear 指的也是「哭泣、落一滴淚」。

# 1-7 不同程度的有活力和疲累

強

有活力

弱

## hyper 極度興奮

I get **hyper** when I see koalas!

我只要看到無尾熊就會超級興奮！

## energetic 精力充沛的

I get **energetic** when I hear the koala's voice.

我聽到無尾熊的聲音就會充滿活力。

## fine 健康狀態好的

The koala felt **fine** after he ate some eucalyptus.

吃了一些尤加利葉後，無尾熊恢復精神。

## all right 還可以

The koala feels **all right**, but he should not climb trees.

無尾熊感覺狀況尚可，但他不應該爬樹。

## so-so 勉勉強強

I feel **so-so**, but I'm still coughing a lot.

我感覺自己勉強還算可以，不過我還是一直咳嗽。

**要記得喔！**

hyper 是 hyperactive 的簡寫，口語上經常使用。另外要注意 so-so 帶有「不好也不壞」的語意，如果太常使用，別人可能會覺得你回答得很隨便。

聽到別人問 How are you?（過得好嗎？）的時候，應該不少人不管實際上再怎麼疲倦都會回答 I'm fine, thank you.（我很好，謝謝）吧？試著用下列單字，更清楚細膩的表達自己的狀態吧！

## exhausted 精疲力盡

The koala was **exhausted** after climbing the tree.

無尾熊爬完樹之後精疲力盡。

## bushed 疲憊的

I'm **bushed** after playing catch with a koala.

跟無尾熊玩丟接球之後，我疲憊不堪。

## tired 疲倦的

I'm **tired** from the summer heat in Australia.

澳洲夏季的炎熱天氣讓我感到困倦。

## drowsy 倦怠的

I'm still **drowsy** because I drank too much with a koala last night.

昨晚跟無尾熊喝太多了，我還有點昏昏沉沉的。

## sluggish 遲鈍無活力

I'm **sluggish** from having a bit of a cold.

我有點小感冒，沒什麼力氣。

**要記得喔！**

tired 和 drowsy 都經常被用於形容「想睡覺」的意思。sluggish 是由 slug（蛞蝓）衍生而來的單字，因此也有「慢吞吞」的意思。

# 1-8 不同程度的有趣和無聊

**hysterical** 令人笑不停的

The koala's joke was **hysterical**.

無尾熊的笑話真是笑死人了。

**hilarious** 滑稽的

The comedy with the koala is **hilarious**.

有無尾熊的那部喜劇非常滑稽有趣。

**funny** 好笑的

I heard something **funny** from the koala.

我聽無尾熊說了些好笑的事。

**humorous** 幽默的

Mr. Koala is someone who is always **humorous**.

無尾熊先生是位總是充滿幽默的人。

**amusing** 有趣的

The koala is **amusing** to be with.

跟無尾熊在一起很有趣。

**要記得喔！**

上面的單字都帶有能讓人大笑的「有趣、滑稽」的意思。講到有趣，大家可能最先想到 interesting，這個字則是「引人好奇、饒富趣味」的意思。

跟朋友聊到電視節目和電影的時候，經常會分享感想並說作品「很有趣」或「很無聊」吧？這裡將這種場合能用到的形容詞整理出來給大家參考。

強

弱

**dry** 枯燥乏味的

I'm tired of the koala's **dry** jokes.

我已經受夠無尾熊的冷笑話了。

**flat** 平淡的

The koala's **flat** presentation made me feel sleepy.

無尾熊平淡無趣的簡報讓我想睡覺。

**boring** 無聊的

Working at the restaurant was boring for the koala.

在餐廳工作對無尾熊來說很無聊。

**stale** 老掉牙的

The koala was not surprised at the **stale** news.

無尾熊對這則了無新意的新聞不感到意外。

**mind-numbing** 乏味的

The koala's latest drama series is **mind-numbing**.

無尾熊的新電視劇很乏味。

**要記得喔！**

以物品當主詞時，要說 That's boring.（那很無趣），不過如果是以自己作為主詞，想表達自己心情上感到無聊時，則要說 I'm bored. 才對。如果說 I'm boring.，意思會變成「我是個無趣的人」，要特別注意。

# 1-9 不同程度的害怕

強

害怕

弱

**horrified**
膽戰心驚的

**terrified**
恐懼的

**afraid/scared**
感到害怕

**frightened**
驚恐的

**alarmed**
嚇一跳的

同樣是「害怕」，也會因程度不同而分別使用不同的形容詞。另外經常用到的 scared 和 afraid 在語感上也有一點不同，要特別留意。

**I was horrified when I heard about the koala's accident.**

聽到無尾熊發生的意外時，我感到膽戰心驚。

**The koala is terrified of spiders.**

無尾熊很害怕蜘蛛。

**The koala is good at climbing trees, but he is afraid of heights.**

無尾熊很擅長爬樹，但他懼高。

**I was frightened by the big kangaroo.**

我被大袋鼠嚇壞了。

**The koala was alarmed by the sound.**

無尾熊被聲音嚇了一跳。

**要記得喔！**

一起來看看 afraid 和 scared 在語感上的差異吧！

- I'm **afraid** of snakes.（因為本身很膽小）我害怕蛇。
- I'm **scared** of the snake.（因為有毒等理由）我害怕那條蛇。

# 1-10 各式各樣的氣味

**fishy odor**
魚腥味

**sweaty odor**
汗臭味

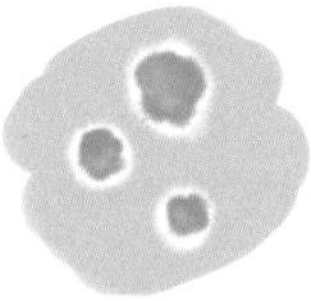

**musty odor**
霉味

**reek of alcohol**
酒臭味

**garlic odor**
蒜味

**sewage odor**
下水道臭味

**fecal odor**
糞臭味

**burnt odor**
焦味

**要 記 得 喔 ！**

要形容「（人）身上有……的味道」，可以說 smell of...。例如「他（她）帶有花的香味」可以說 He (She) smells of flowers.。「身上有菸味」則可說 He (She) smells of smoke.。不管香味或臭味都可以用此句型。

「氣味」在五種感官中與記憶的關聯性最強，因此在日常生活中也經常被提及。在這一頁將表達氣味的詞彙一起記起來吧！

**fruity smell**
果香

**citrus scent**
柑橘類香氣

**fresh scent**
新鮮香氣

**coffee aroma**
咖啡香

## 《形容氣味的英文單字》

**香味**

**savor**
伴隨著味覺的氣味

**aroma**
與飲食有關的香氣

**flavor**
獨特的味道

**scent**
令人喜歡的香氣

**fragrance**
鮮花等甜美的香氣

**smell**
一般的味道

**臭味**

**reek**
腐臭、惡臭

**malodor**
惡臭

**stench**
令人掩鼻的腐臭

**pong**
惡臭（比較口語的用法）

**odor**
令人厭惡的臭味

# 1-11 各式各樣的觸感

**rough**
粗糙不平的

**fluffy**
絨毛般的

**greasy**
油膩膩的

**silky**
滑順的

**flabby**
鬆弛且肥的

**bumpy**
凹凸不平的

**rugged**
崎嶇不平的

**sticky**
黏答答的

**slimy**
黏稠的

生活中表達觸感的機會很多，如「鬆鬆軟軟的」、「粗糙的」，不過學校卻很少教到這些英文。這裡將這些想表達卻說不出來的微妙觸感介紹給大家。

# 1-12 各種不同方式的看

## stare
盯著看

**You shouldn't stare at bears.**

你不該盯著熊看。

## eye
注視

**I eyed the koala suspiciously.**

我帶著懷疑的眼神盯著無尾熊。

## witness
目擊

**He witnessed a kangaroo stealing snacks.**

他目擊一隻袋鼠偷零食。

## glance
瞥一眼

**The koala glanced at the mirror.**

無尾熊看了鏡子一眼。

同樣是「看」，在英文中卻會依照看的方式不同而分別用不同的動詞來表達。下方也整理了大家熟知的三個基本動詞 look / watch / see 的差異，把握機會搞清楚它們的不同吧！

## spy

暗中窺探

**The koala spied on my smartphone.**

無尾熊偷看我的手機。

## study

仔細讀

**The koala studied the map but he still got lost.**

無尾熊仔細讀過了地圖，但他還是迷路了。

## 《 look / watch / see 的差別 》

### look

有意識地看靜止的事物

**I looked at the kangaroo.**

我將視線放在袋鼠上。

### watch

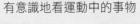

有意識地看運動中的事物

**I watched the kangaroo.**

我盯著那隻（正在動的）袋鼠看。

### see

事物自然的進到視野內

**I saw the kangaroo.**

那隻袋鼠進到了我的視野裡。

# 1-13 模擬聲音的單字

## clink
發出叮噹聲

**Glasses clink.**
玻璃杯發出叮噹聲。

## squeak
嘎吱作響

**The hinges squeak.**
門的絞鍊發出嘎吱聲。

## splash
嘩啦嘩啦地潑濺

**Don't splash the paint.**
不要讓顏料潑濺出來。

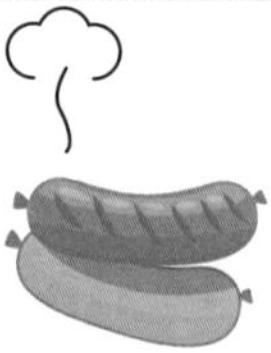

## sizzle
嘶嘶作響

**The sausages are sizzling in the pan.**
香腸在平底鍋裡嘶嘶作響。

## stop
停止

**The car stopped in front of the koala.**
車子在無尾熊前面停下。

## crash
發出巨響的撞擊

**The koala crashed his car while driving.**
無尾熊在開車時撞到東西了。

我們常會說「猛地停下來」或「框啷一聲撞上」,用擬聲擬態詞來形容聲音或狀況，不過英文中則會運用動詞本身來表現聲音或狀況，如 stop 和 crash 等等。

**snap**

啪地一聲折斷

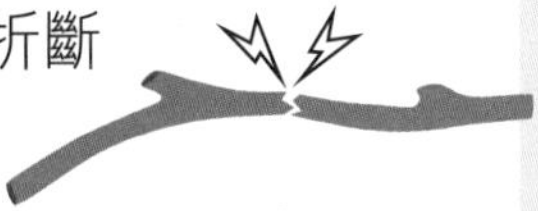

**The stick snapped.**

棍子折斷了。

**gnaw**

啃咬

**The koala gnaws anything.**

無尾熊可以啃任何東西。

**clap**

鼓掌、拍手

**The koala clapped for us.**

無尾熊為我們鼓掌。

**knock**

敲擊

**I heard a knock at the door from a koala.**

我聽到無尾熊敲門的聲音。

**vroom**

發出引擎聲

**The truck vroomed down the road.**

卡車轟隆隆地沿著道路行駛。

**strike**

擊打

**The koala struck the horse with a whip.**

無尾熊用鞭子鞭打馬。

column

# 世界各國表達「笑」的詞彙

日本的網路用語「www」表示笑的意思，當然這樣的用語在其他國家並不通用。
不過世界上不同國家也有類似表示「笑」的用語，這裡列出其中較具代表性的幾個。

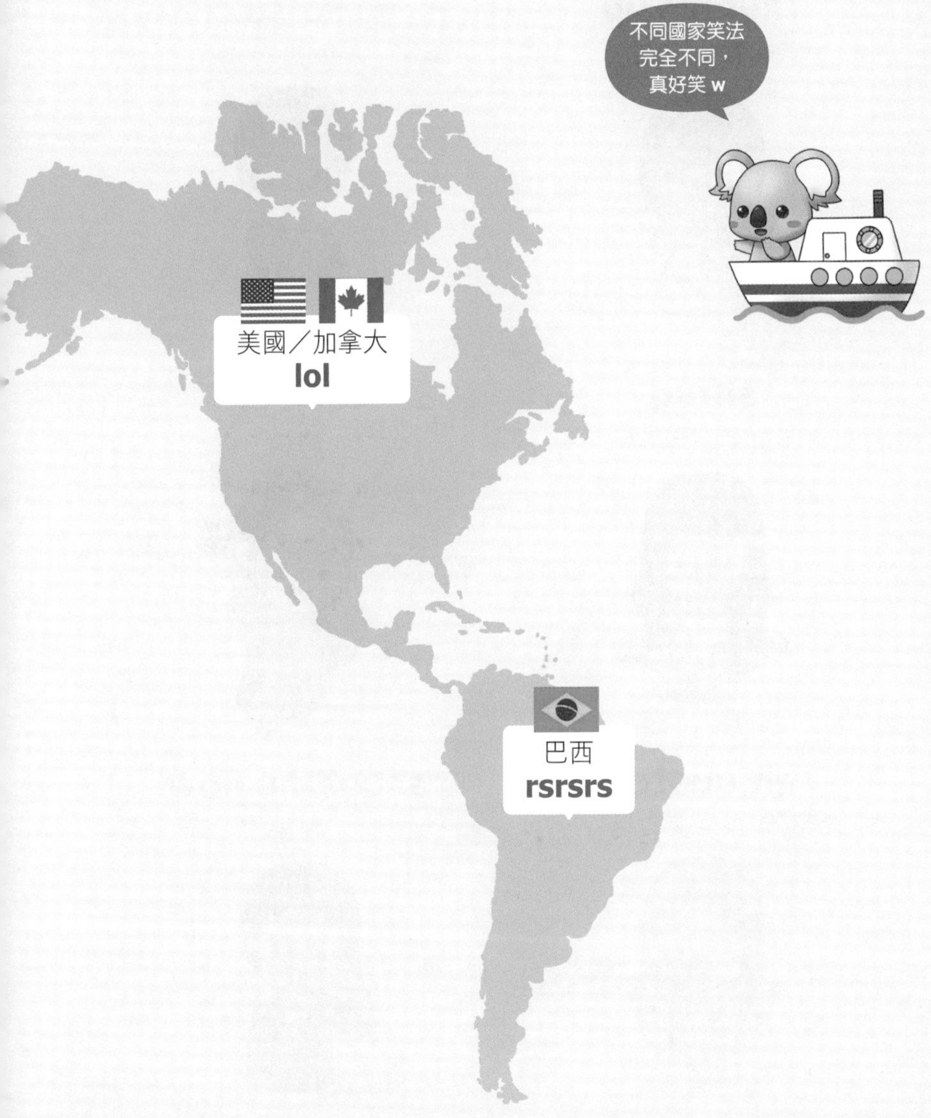

column

# 英語系國家的手勢

**thumbs up**
讚（大拇指）

**so-so**
還可以

**shrug**
不知道（聳肩）

**rock on**
超棒

**air quotes**
引用（空氣引號）

**shoot me now**
好累

如同我們也會用肢體動作溝通，其他國家的人也有各種的肢體動作表達。不過有時同樣的動作在自己國家與其他國家意思完全相反，需要特別注意。

**fingers crossed**
祈求幸運

**money**
錢

**go away**
走開

**come here**
過來

**me**
自己

**I'm watching you.**
我會盯著你。

# 2

# 日常生活

從起床到入睡，日常生活各種必做的動作

用英文應該怎麼說呢？

每天都會用到的各類生活居家用品，

又該怎麼用英文表達呢？

另外，本章也會介紹學校絕對不會教的

跟智慧型手機與網路相關的最新詞彙！

# 2-1 日常行為 外出準備篇

**6:00 AM**

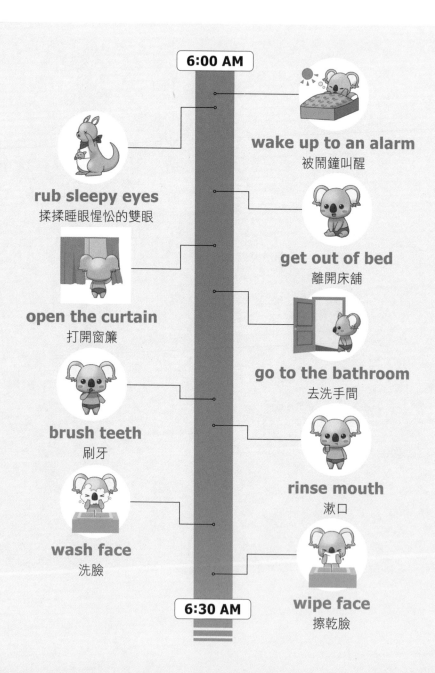

**wake up to an alarm**
被鬧鐘叫醒

**rub sleepy eyes**
揉揉睡眼惺忪的雙眼

**get out of bed**
離開床舖

**open the curtain**
打開窗簾

**go to the bathroom**
去洗手間

**brush teeth**
刷牙

**rinse mouth**
漱口

**wash face**
洗臉

**wipe face**
擦乾臉

**6:30 AM**

這世界上有早睡早起的人（early bird / morning person）和夜貓子（night owl / night person）。對不習慣早起的人來說，每天早上大概都會覺得「很難爬起床（It's hard to get out of bed.）」以及「想要再睡 5 分鐘（I want to stay in the bed for five more minutes.）」吧？

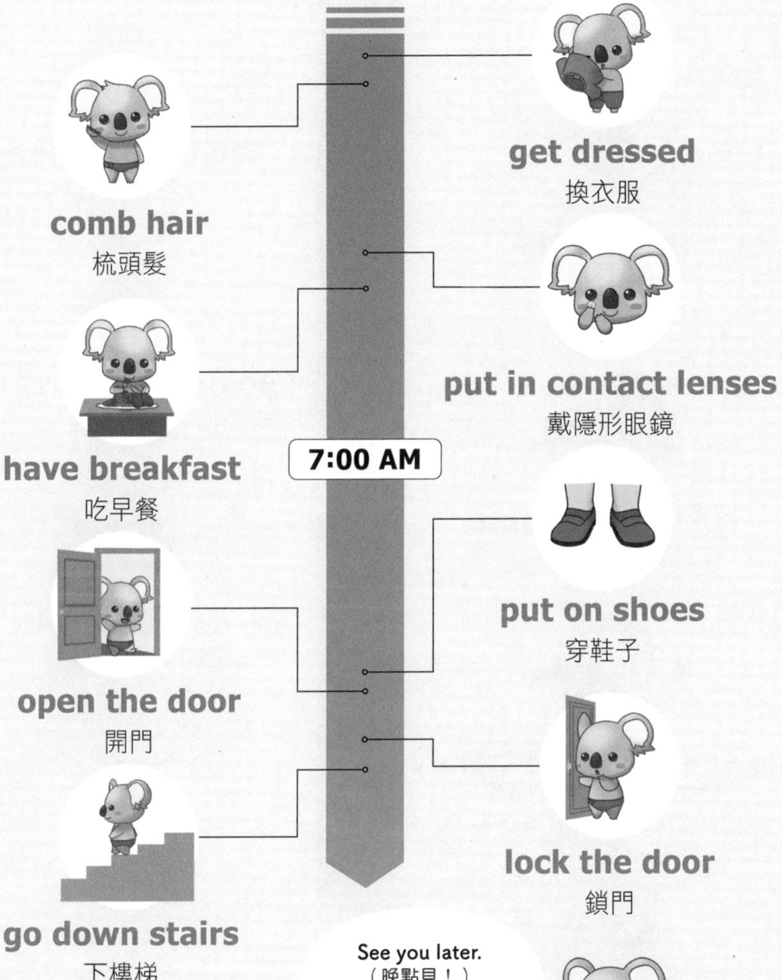

我們說的「我出門了」和「路上小心」在英文裡並沒有完全對應的用語，一般出門前會像右圖這樣互相問候。

# 2-2 日常行為 假日篇

**8:00 AM**

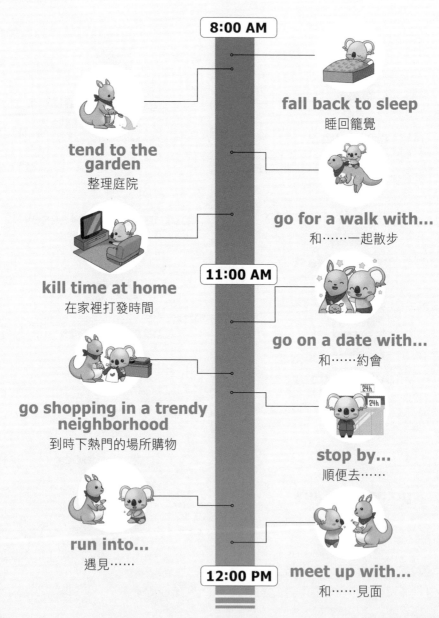

**fall back to sleep**
睡回籠覺

**tend to the garden**
整理庭院

**go for a walk with...**
和……一起散步

**kill time at home**
在家裡打發時間

**11:00 AM**

**go on a date with...**
和……約會

**go shopping in a trendy neighborhood**
到時下熱門的場所購物

**stop by...**
順便去……

**run into...**
遇見……

**meet up with...**
和……見面

**12:00 PM**

在英語系國家，每個星期一人們都會互相詢問 How was your weekend?（週末過得如何）。為了迎接這些問題，先把休假時常做活動的英文說法學起來吧！

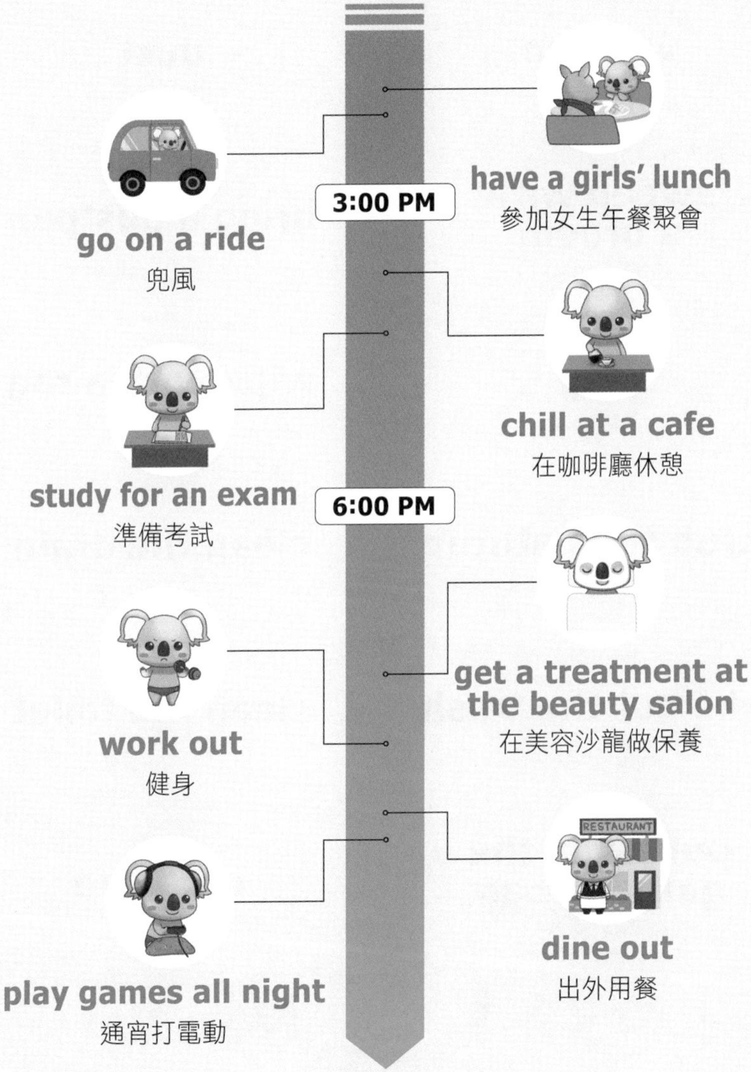

# 2-3 與打掃、洗衣服相關的詞彙

## 打掃相關

**vacuum**
使用吸塵器

**dust**
清灰塵

**sweep with a broom**
用掃把掃地

**bring a dustpan**
拿畚箕

**mop**
拖地

**wipe with a rag**
用抹布擦拭

**scrub the bathtub**
刷浴缸

**clean the drain**
清潔排水管

**take out the trash**
丟垃圾

**clean the toilet**
清掃廁所

**put away the garbage bag**
收垃圾袋

**organize**
整理

我們常說的「打掃」、「洗衣服」其實還包含各個細項工作，一起來看這些事情的說法吧！如果你喜歡打掃，可以說 I like everything clean and tidy.（我喜歡東西保持乾淨整齊）。另外如果稱讚他人 You are a tidy person.（你是很愛乾淨的人），對方可能也會很高興。

## 洗衣服相關

**clean the washing machine**
清洗洗衣機

**add detergent**
加入洗衣精

**put in the laundry net**
（將衣物）放入洗衣袋

**do laundry**
洗衣服

**hang out the laundry**
晾衣服

**take in the laundry**
收晾好的衣服

**fold laundry**
摺衣服

**iron**
燙衣服

**remove a stain**
清除髒汙

**hand-wash**
用手洗

**change bed sheets**
換床單

**put away clothes**
將衣物收起來

**要記得喔！**

太不擅長打掃的人也會造成麻煩吧？英文有個字 hoarder，用來表示「喜歡囤積不需要物品的人＝住在垃圾屋裡的人」。近年來這種行為被認為是一種心理疾病。

# 2-4 店面及設施的名稱

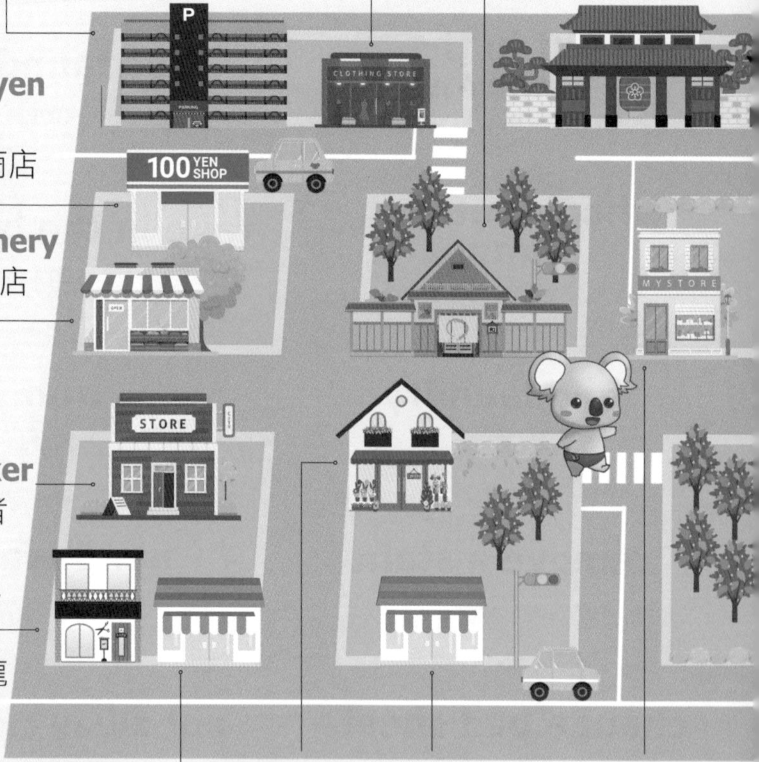
electronics retail store
家電量販店
clothing store
服飾店
public bathhouse
大眾澡堂
temple
寺廟
hundred-yen shop
日幣百元商店
confectionery
糕點糖果店
undertaker
殯葬業者
beauty salon
美容沙龍
fishmonger
魚販
furniture store
家具店
greengrocer
蔬果店
handyman service
水電行
P
CLOTHING STORE
100 YEN SHOP
STORE
MYSTORE

日常生活中一定會拜訪的「肉鋪」跟「蔬果店」的英文，應該有不少人不知道怎麼說吧？這些常用詞彙在旅行問路時和幫他人指路時一定都會用得到，要先記起來喔！

## 要記得喔！

「店」在英文裡可翻譯為 shop 或 store，shop 主要是指除了販賣之外，也會進行商品製造或加工等作業的店面，而 store 則是只進行銷售的店面。

# 2-5 你叫不出口的日用品

## 清潔用品

**vacuum cleaner**
吸塵器

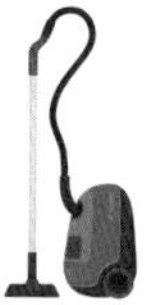

**lint roller**
除塵滾輪

**scrubbing brush**
清潔刷

**rag**
抹布

**trash can**
垃圾桶

**sponge**
海綿

**bucket**
水桶

**dustpan**
畚箕

**broom**
掃把

**mop**
拖把

**rubber gloves**
橡膠手套

**deodorizer**
除臭噴霧

**disinfecting spray**
抗菌噴霧

**plunger**
馬桶吸盤

**detergent**
清潔劑

**refill**
（清潔劑）補充包

雖然背過困難的英文單字，不過面對每天常用的日用品，卻總是講不出英文説法……。「除塵滾輪」、「抹布」、「蒼蠅拍」，你知道這些常用物品的英文怎麼説嗎？

## 洗臉用品、日用品

**razor**
刮毛刀

**electric razor**
電動剃鬚刀

**toothbrush**
牙刷

**dental floss**
牙線

**toothpaste**
牙膏

**comb**
扁梳

**sunscreen**
防曬乳

**insect repellent**
防蟲噴霧

**nail clipper**
指甲剪

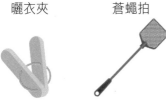

**ear pick**
掏耳棒

**shoehorn**
鞋拔

**toothpick**
牙籤

**clothespin**
曬衣夾

**flyswatter**
蒼蠅拍

**piggy bank**
存錢筒

**ashtray**
菸灰缸

# 2-6 你叫不出口的電器用品

**microwave**
微波爐

**refrigerator**
冰箱

**freezer**
冷凍庫

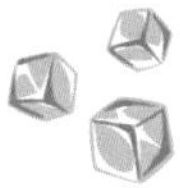

**toaster oven**
小型烤箱

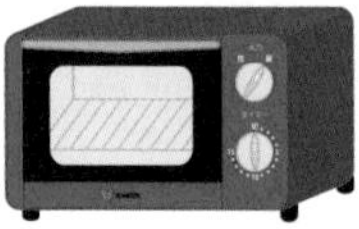

**dishwasher**
洗碗機

**rice cooker**
電子鍋

**electric kettle**
電熱水壺

**blender**
果汁機

**stove**
瓦斯爐

**heater**
暖氣機

**fan**
電風扇

**humidifier**
加濕器

這些每天都會用到的電器用品，大家可能有不少都不知道要怎麼用英文稱呼吧？

**dryer**
烘衣機

**air conditioner**
空調

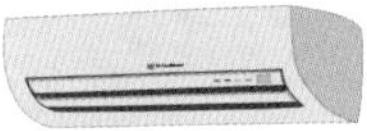

**hair dryer**
吹風機

**washing machine**
洗衣機

**air purifier**
空氣清淨機

**copy machine**
影印機

**shredder**
碎紙機

**security camera**
監視攝影機

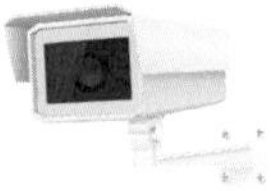

**sewing machine**
縫紉機

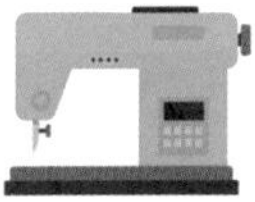

**battery charger**
電池充電器

**extension cord**
延長線

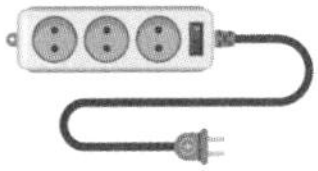

**food processor**
食物調理機

# 2-7 表達時段的單字

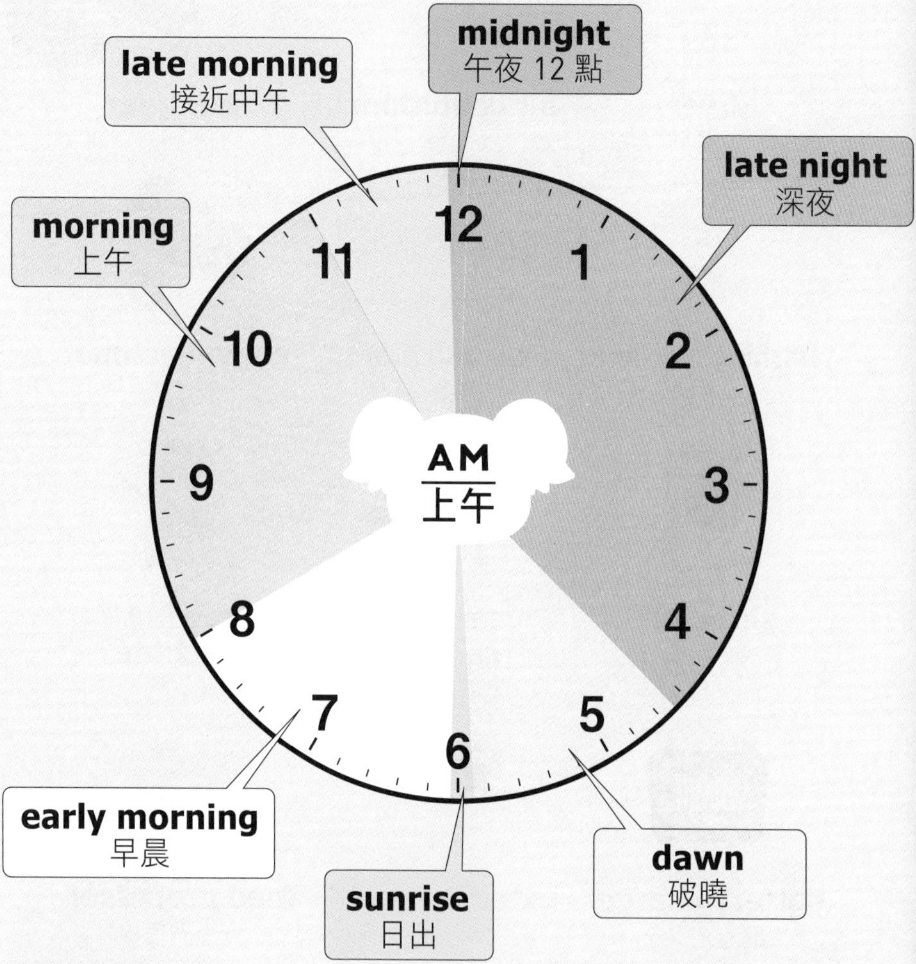
midnight
午夜 12 點
late morning
接近中午
late night
深夜
morning
上午
AM
上午
early morning
早晨
sunrise
日出
dawn
破曉

dawn 也可以用
twilight 來形容喔！

跟中文一樣，英文中的時間也不會只用數字來表示。英文裡也有像「清晨」、「午後」、「深夜」等表達一定時間範圍內的詞彙。

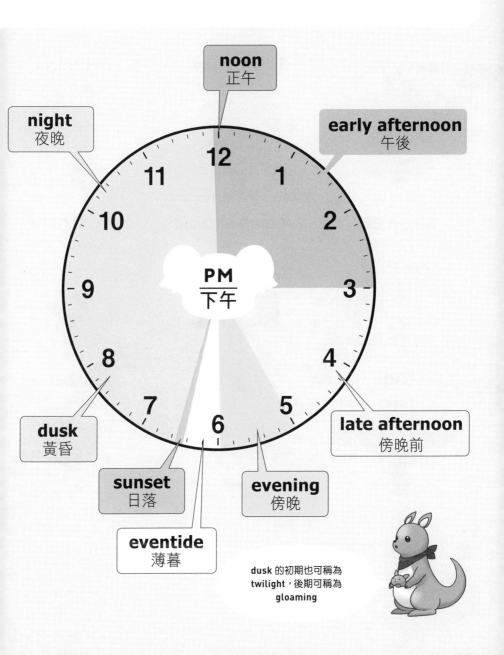

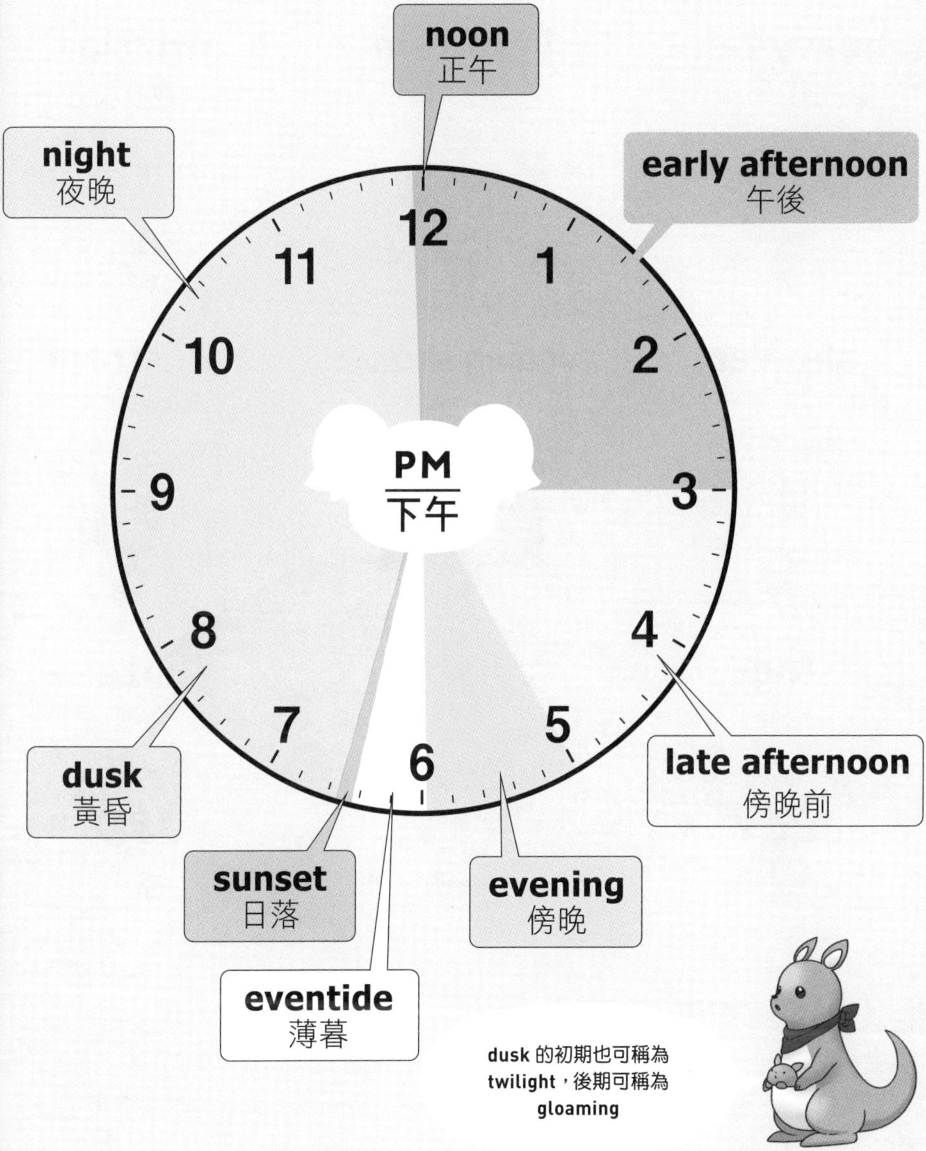

## 2-8 不知道怎麼說的天氣現象

雨

**heavy rain**
豪雨

**light rain**
毛毛雨

**drizzle**
細雨

**shower**
陣雨

**evening shower**
午後陣雨

**rainstorm**
暴風雨

霧

**fog**
霧

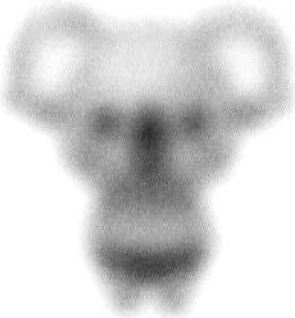

**mist**
薄霧

**haze**
霧霾

### 練 習 說 說 看 ！

一起來看天氣預報中經常出現的語句吧！

Today will be mostly sunny with possible showers in the evening.( 今天天氣大致晴朗，傍晚可能會下陣雨。)

大家應該知道基本的三個天氣單字：sunny（晴朗的）、cloudy（陰的）、rainy（下雨的）吧？那麼其他的天氣該怎麼說呢？一起來學 weather forecast（天氣預報）中會出現的單字吧！

雪

**flurry**
小陣雪

**blizzard**
暴風雪

**sleet**
霙

**hail**
冰雹

**hailstone**
雹塊

**frost**
霜

雷

**thunder**
雷

**lightning**
閃電

**thunderstorm**
雷雨

**練習說說看！**

Tomorrow will be the sunniest day of the weekend, with pleasant temperatures between 18 and 23 degrees Celsius and light breezes.（明天是本週末最晴朗的一天。氣溫宜人，約介於攝氏 18 至 23 度之間，並有微風吹拂。）

# 2-9 表達興趣的詞彙

**surfing the net**
上網

**anime**
動畫

**video games**
電玩

**knitting**
編織

**hit the gym**
上健身房

**cafe hopping**
咖啡廳巡禮

可一人進行

**photography**
拍照

**batting cage**
棒球打擊場

**driving**
兜風

**hit the driving range**
去高爾夫練習場

**walking**
散步

**checking out various eateries**
品嚐各式美食

要在國外交朋友，最好能多加利用自己的興趣。尤其是能夠培養不是一人獨自進行，而是可以跟朋友一起從事的興趣活動。就算英文還不流利，也有助於拓展人際關係。

**social media** 社群網站

**karaoke** 卡拉 OK

**board games** 桌遊

**yoga** 瑜伽

**chorus singing** 合唱團

**cooking** 料理

**basketball** 籃球

**live concerts** 演唱會

**fan activities** 追星活動

**study English** 學英文

可和朋友一起進行

**watching sports** 看運動賽事

**survival games** 生存遊戲

**surfing** 衝浪

**camping** 露營

**futsal** 五人制足球

# 2-10 手機使用相關詞彙

## tap
點擊

**Tap the icon to launch the app.**
點擊圖示以開啟應用程式。

## double tap
點擊兩次

**Double tap to check the details.**
點擊兩次確認詳細說明。

## tap and hold
長按

**Tap and hold the link, then tap the second option.**
請長按連結後選擇第二個選項。

## swipe
滑動

**Swipe to unlock your smartphone.**
滑動以解鎖您的智慧型手機。

## swipe right
右滑

**Swipe right to check the next message.**
右滑確認下一則訊息。

## swipe left
左滑

**Swipe left to go to the next page.**
左滑進入下一頁。

智慧型手機在現今已經是生活裡不可或缺的物品。用英文閒聊時，也經常會聊到和使用手機相關的話題。先記下這些用法，在必要時刻就可以用英文進行說明囉！

## swipe up
上滑

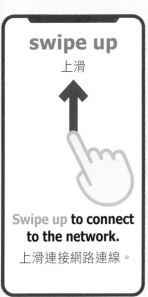

Swipe up **to connect to the network.**
上滑連接網路連線。

## swipe down
下滑

Swipe down **to delete photos.**
下滑以刪除照片。

## pinch in
兩指由外向內滑動

Pinch in **to zoom out of photos.**
兩指向內滑動將照片縮小。

## spread out
兩指由內向外滑動

Spread out **fingers to enlarge photos.**
兩指向外滑動放大照片。

## two-finger tap
用兩指點擊

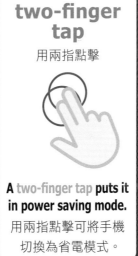

**A** two-finger tap **puts it in power saving mode.**
用兩指點擊可將手機切換為省電模式。

## two-finger swipe
用兩指滑動

**A** two-finger swipe **puts it in flight mode.**
用兩指滑動可將手機切換為飛航模式。

# 2-11 來自網路社群的動詞及形容詞

## google
用 Google 搜尋

**Google it.**
Google 一下。

## skype
用 Skype 通話

**I skyped Koala last night.**
我昨天跟無尾熊用 Skype 通話。

## instagrammable
適合發佈於 Instagram

**A koala is instagrammable.**
無尾熊的照片很適合發在 Instagram 上。

## tweet
在 Twitter 發佈貼文

**Koala tweets at least once a day.**
無尾熊每天最少會發一次推文。

## facebook
在 Facebook 發佈貼文

**I facebooked a photo tagging Koala.**
我在 Facebook 發佈一張標註了無尾熊的照片。

## uber
叫 Uber

**Let's uber.**
我們叫台 Uber 吧。

我們經常使用的各種社群媒體及網路服務，較為知名的產品名稱容易被衍生為英文的動詞或形容詞使用。就像中文也會說「Google 一下」或「推文」等等。

## zoom

用 Zoom 通話

**I zoomed with a salesperson from Koala company.**

我和一位來自無尾熊公司的業務用 Zoom 通話。

## photoshop

用 Photoshop 修圖

**This picture of Koala must be photoshopped.**

這張無尾熊的照片一定有被 PS 過。

## bing

使用 Bing 搜尋

**You should bing Koala.**

你應該用 Bing 查一下無尾熊。

## FedEx

用 FedEx 送件

**Would you like to FedEx the stuffed koala?**

你要用 FedEx 寄這隻無尾熊玩偶嗎？

## flickr

使用 Flickr 搜圖

**Can you flickr any pictures of Koala?**

你可以用 Flickr 找找無尾熊的照片嗎？

## netflix

看 Netflix

**Let's netflix "The Killer Koala"!**

我們來用 Netflix 看《無尾熊殺手》吧！

# 2-12 英文中的寶寶語

| | 寶寶 | 大人 |
|---|---|---|
| 媽媽 | mama | mother |
| 爸爸 | dada | father |
| 奶奶 | nana | grandmother |
| 爺爺 | papa | grandfather |
| 姊／妹 | sissy | sister |
| 兄／弟 | bubba | brother |

有時候我們在和小寶寶對話時會使用「寶寶語」，如「噗噗」是車子、「汪汪」是小狗。其實英文中也有這樣的寶寶語（baby talk）。大家可以善用這些詞彙，跟外國的可愛寶寶成為好朋友。

**肚子**

寶寶：tummy

大人：stomach

**水**

寶寶：wawa

大人：water

**車**

寶寶：vroom-vroom

大人：car

**飯**

寶寶：num-num

大人：food

**晚餐**

寶寶：din-din

大人：dinner

**火車**

寶寶：choo-choo

大人：train

**要記得喔！**

其他常用的寶寶語還包含「便盆 potty（bathroom）」、「尿尿 pee-pee（urinate）」、「大便 poo-poo（defecation）」等等。

I want to pee-pee!
（我想尿尿！）

column

# 美式及英式的差別

## 拼字差異

color
colour
顏色

center
centre
中央

organize
organise
組織

## 單字使用差異

vacation
holiday
休假

elevator
lift
電梯

gas
petrol
汽油

## 發音差異

**母音間的 t**

發作類似 d 的音
發作原本的 t 音

**can't**

/kænt/
/kɑːnt/

**發音 r**

捲舌
不捲舌

## 其他差異

**寫日期時**

月／日／年
日／月／年

**30 分鐘**

thirty minutes
half an hour

**針對過去發生的事**

比較常用過去式描述
比較常用完成式描述

雖然同樣是「英文」，不過不同國家所使用的單字或拼音等還是存在些許差異。這裡介紹其中較具代表性的幾個詞彙。尤其我們一般說的「2 樓」在美國被稱作 second floor，在英國則是 first floor。因此也有笑話說「美國人跟英國人不能約在百貨公司見面」。

## 樓層名稱差異

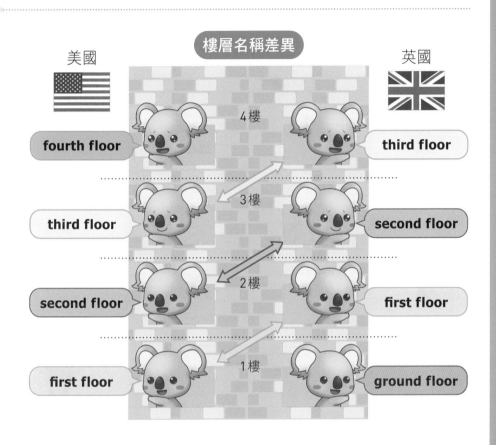

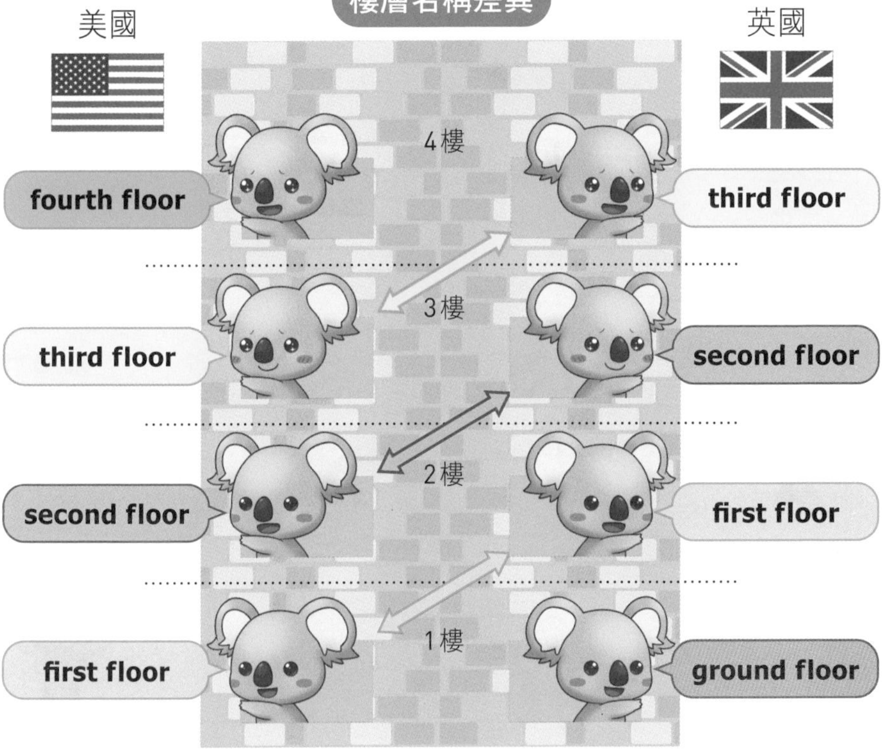
美國
英國
4樓
fourth floor
third floor
3樓
third floor
second floor
2樓
second floor
first floor
1樓
first floor
ground floor

其他差異還包括：
洋芋片在美國叫做 chips，在英國叫 crisps。
薯條在美國叫做 fries，在英國叫 chips。
餅乾在美國叫做 cookies，在英國叫 biscuits。
探究這些差異也很有趣呢！

column

# 英文名字及暱稱

暱稱 Alex
本名 Alexander

暱稱 Andy
本名 Andrew

暱稱 Ben
本名 Benjamin

暱稱 Dan
本名 Daniel

暱稱 Dave
本名 David

暱稱 Matt
本名 Matthew

暱稱 Bob
本名 Robert

暱稱 Dick
本名 Richard

Alex、Andy、Bob 等都是常見的英文名字，不過其實這些名字在英文裡大多是當作暱稱使用，各自有其對應的正式名字。尤其 Richard 和 William 的暱稱和原本的名字給人的印象差很多，非常有趣。

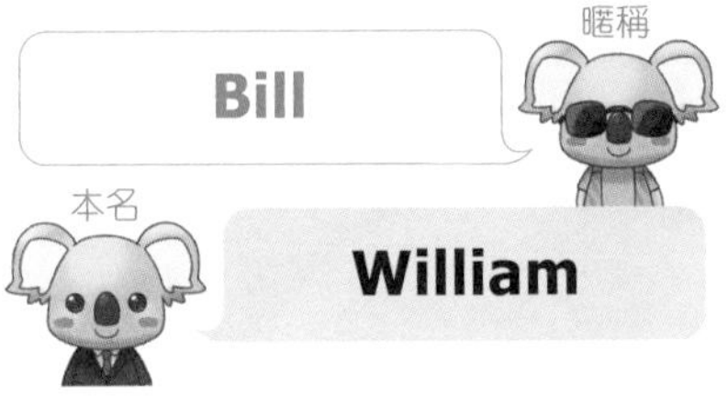

# 3

# 料理

我們在日常生活中經常會用到與料理相關的詞彙，
在必要時刻卻容易想不起來它的英文怎麼說。
可以先學習各式各樣與味覺相關的詞彙，
在需要時就可以表達「好好吃」或「有點微妙」等感想。

# 3-1 與料理相關的動詞

| | |
|---|---|
| **grate** 磨碎 | **mash** 壓泥 |
| **stew** 燉煮 | **boil** 水煮 |
| **deep fry** 油炸 | **roast** 烤 |
| **toss** 翻炒 | **stir** 攪拌 |
| **steam** 蒸 | **heat up** 加熱 |

**練習說說看！**

Stew is made by **peeling** and then **boiling** potatoes and carrots before adding meat and onions and letting it **simmer** for about half an hour.（要做燉菜，要先將馬鈴薯和紅蘿蔔削皮後水煮，接著加入肉及洋蔥煨煮半小時左右。）

做料理時常用的動詞意外地不少，如燉煮、水煮、炸、炒……。不妨記下這些和料理相關的單字，拿國外食譜來挑戰做做看新的料理！

**grill**
炙燒

**scoop**
舀

**fry**
炒、炸

**measure**
測量

**simmer**
小火煨煮

**defrost**
解凍

**peel**
剝皮

**taste**
嚐味道

練習說說看！

First, **defrost** the chicken until it's soft. Then, add salt and pepper, and cover the chicken in raw egg and bread crumbs before **heating up** some oil and **deep frying** the chicken into chicken katsu.（先解凍雞肉至軟化，接著加入鹽與胡椒，並以生蛋及麵包粉包覆雞肉，熱油後將雞肉炸成雞排。）

# 3-2 各式各樣的切

## chop
切（較大塊）

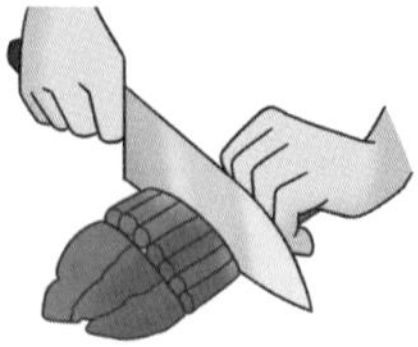

## slice
切（較小塊）

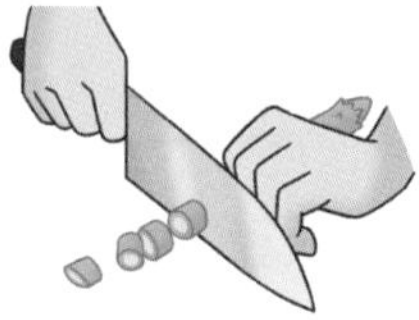

## finely chop
切末

## thinly slice
薄切

## thickly slice
厚切

## cut into rectangles
切成長條狀

Cooking is a simple pleasure.
（做料理是一種單純的幸福。）

前面我們看過了與做料理相關的動詞，其中「切」這個動作在英文中可以分得更細。我們會在「切」的動詞後加上名詞來區分不同切法，如「切末」、「切片」等，而英文則是直接使用動詞來區分，非常有趣。

## cut into round slices
切成圓形薄片

## dice
切丁

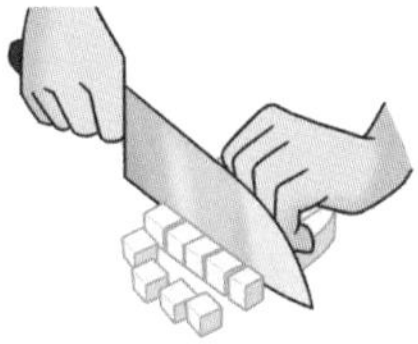

## cut into chunks
切塊

## cut ... into half
對半切

## cut ... into quarters
切四等分

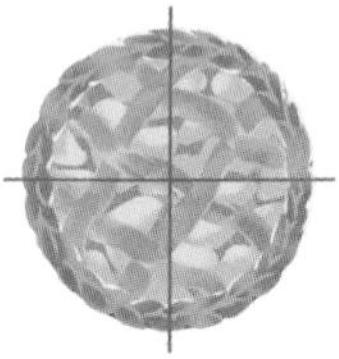

## cut ... into six pieces
切六等分

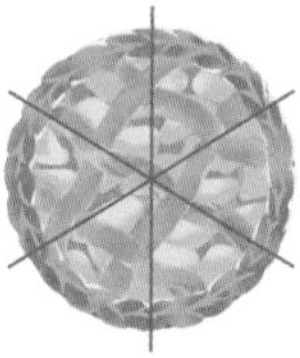

練習說說看！

- **Finely chop** some garlic to put into the pasta.（將些許大蒜切末，以放入義大利麵。）
- Since there are 4 of us, let's **cut** the cheesecake **into quarters**.（我們有四個人，所以把起司蛋糕切為四等分吧。）

# 3-3 各式各樣的吃

## gobble
狼吞虎嚥

**He gobbled up Baby Koala's cookies.**

他把無尾熊寶寶的餅乾全都嗑完了。

## devour
大口吞食

**The way you devour your food makes you look starved.**

你吃東西的樣子看起來像餓壞了。

## munch
大聲咀嚼

**Koala munched on some carrot sticks.**

無尾熊大啖紅蘿蔔棒。

## crunch
嘎吱地咀嚼

**Koala was eating potato chips and crunching too loud.**

無尾熊吃洋芋片發出大聲的喀喀聲。

## slurp
發出聲音吃

**Japan's culture of slurping noodles often surprises westerners.**

日本吃麵發出聲音的文化常使西方人吃驚。

## nibble
小口吃

**I want something to nibble.**

我想吃一點小東西。

要記得喔！

一般表達「吃」的詞彙有 have 和 eat。have 包含正餐前、正餐後，只要是與吃東西相關的任何時刻都可以使用，而 eat 則指吃東西的行為本身。

我們會在「吃」的動詞前加入修飾語來表現進食的方式，例如「狼吞虎嚥」、「大快朵頤」等，英文則會依不同情況使用不同的動詞。不要再只會用 eat 了，試著表達看看不一樣的吃法吧！

## swallow
吞下

**I try and swallow food whole that I don't like.**

我試著一口氣吞下我不喜歡的食物。

## inhale
猛吃、 猛喝

**Koala inhaled the pasta.**

無尾熊大口吃光義大利麵。

## feast
盡情享用

**At Thanksgiving, they feasted on turkey.**

他們在感恩節享用火雞。

## chomp
大聲咀嚼

**Koala chomped on his lunch.**

無尾熊大口地吃午餐 。

## taste
品嚐美味

**Make sure to taste your food properly.**

一定要好好品嚐食物。

## snack
吃零食

**Koala snacks on cookies and chocolate all day long.**

無尾熊整天都在吃餅乾和巧克力。

**要記得喔！**

chomp 主要是英國常見的表達，不過在其他國家使用也不會顯得違和。

# 3-4 肉的各個部位／肉的熟度

beef 牛肉

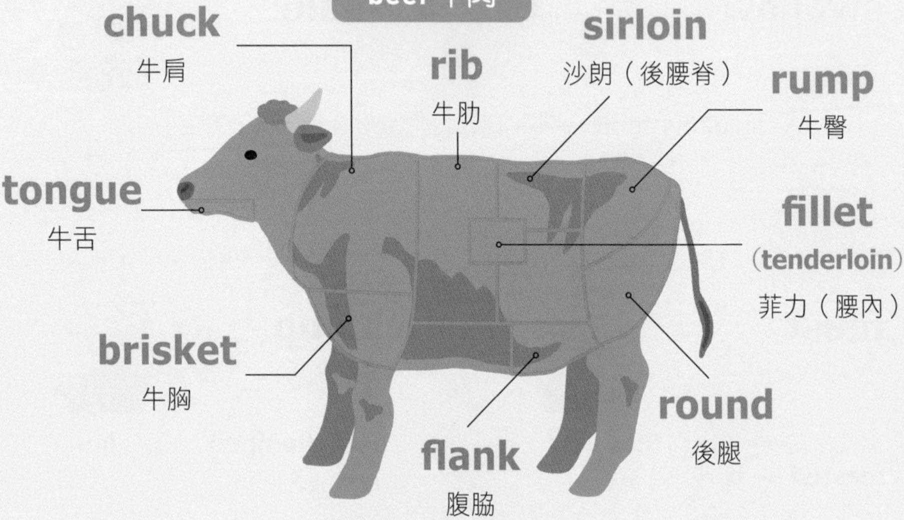


pork 豬肉

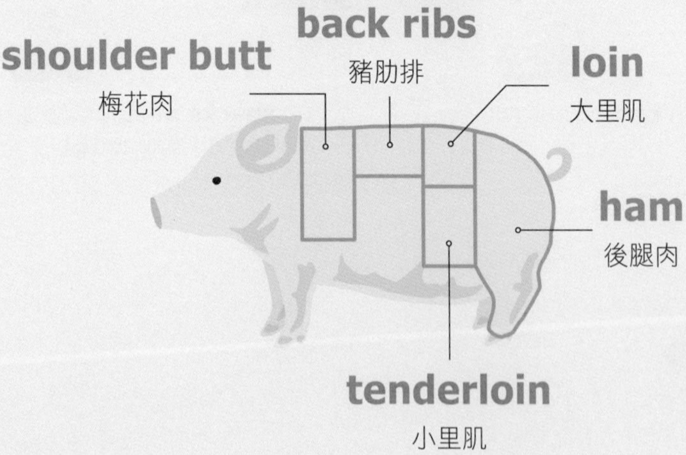

應該有不少人平時喜歡吃里肌肉或沙朗肉，卻不知道這些肉確切是哪個部位吧？
在這裡將各個部位的名稱連同熟度一起記起來，在餐廳點餐時秀一手吧！

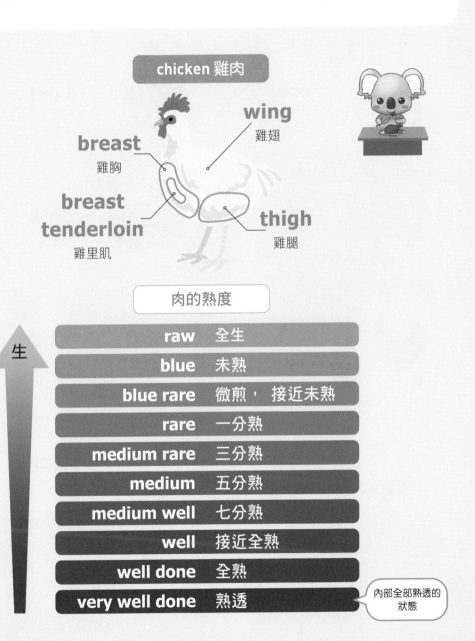

## chicken 雞肉

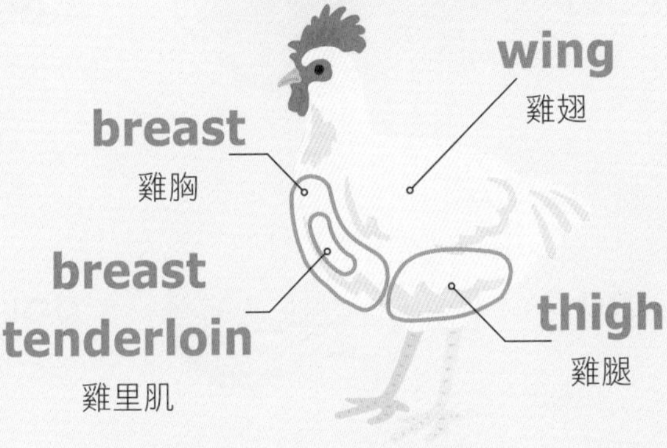

## 肉的熟度

生

| | |
|---|---|
| raw | 全生 |
| blue | 未熟 |
| blue rare | 微煎， 接近未熟 |
| rare | 一分熟 |
| medium rare | 三分熟 |
| medium | 五分熟 |
| medium well | 七分熟 |
| well | 接近全熟 |
| well done | 全熟 |
| very well done | 熟透 |

內部全部熟透的狀態

# 3-5 各式各樣肉的稱呼

**cow**
牛

▶

**beef**
牛肉

**pig**
豬

▶

**pork**
豬肉

**chicken**
雞

▶

**chicken**
雞肉

**duck**
鴨

▶

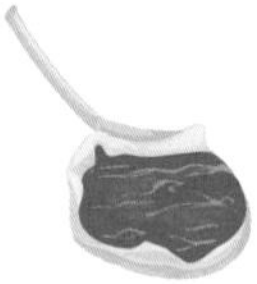

**duck**
鴨肉

動物名稱（cow、pig、sheep 等）的語源來自盎格魯－撒克遜語（古英語），肉的名稱（beef、pork、mutton 等）的語源則來自諾曼語（古法語）。11 世紀諾曼第征服英格蘭後，法國北部諾曼第地區的人民進入英格蘭，因此產生了這樣的名稱差異。

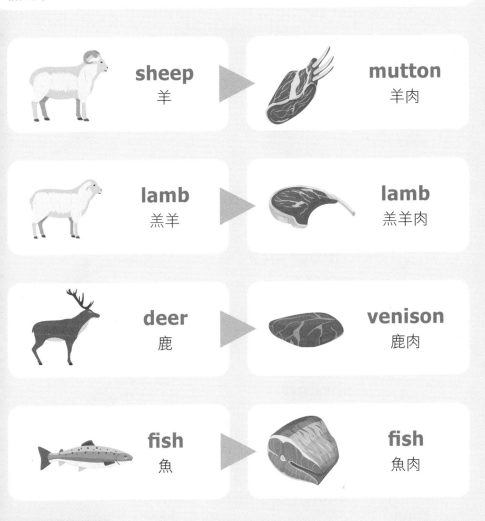

**sheep**
羊

**mutton**
羊肉

**lamb**
羔羊

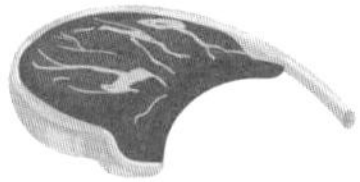

**lamb**
羔羊肉

**deer**
鹿

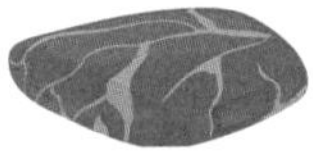

**venison**
鹿肉

**fish**
魚

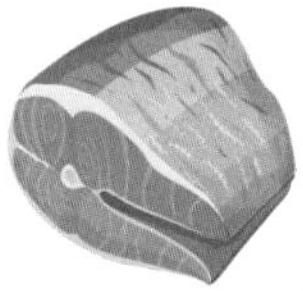

**fish**
魚肉

**要記得喔！**

要特別留意，動物的名稱是可以計數的名詞（可數名詞），但肉品的名稱是不可以計數的名詞（不可數名詞）。另外，動物的稱呼可能會因為年齡或性別而有所不同（詳見 222 頁、224 頁）。

3-6

# 必須記起來的壽司料名稱

## 壽司料人氣排名

第1名
**salmon**
鮭魚

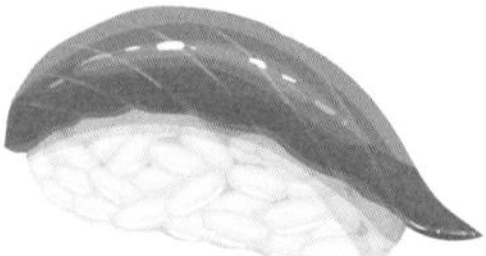

第2名
**lean tuna**
鮪魚（瘦肉部分）

第3名
**amberjack**
鰤魚幼魚

第4名
**medium fatty tuna**
鮪魚中腹

第5名
**shrimp**
蝦

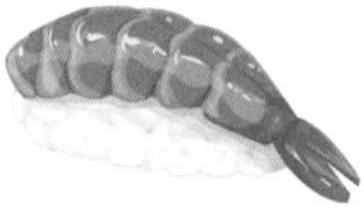

第6名
**minced tuna**
蔥花鮪魚

第7名
**squid**
魷魚

第8名
**fluke fin**
鰈魚緣側

第9名
**salmon roe**
鮭魚卵

第10名
**sweet shrimp**
甜蝦

Maruha Nichiro 「迴轉壽司消費者實態調查 2021」
https://www.maruha-nichiro.co.jp/corporate/news_center/news_topics/20210324_research_sushi2021.pdf

國外也會將「壽司捲」稱為 sushi。有些店則會將「壽司捲」和「握壽司」分開稱呼，如 salmon roll（鮭魚壽司捲）和 salmon nigiri（鮭魚握壽司）。這裡列出向非日籍的外國友人介紹道地的日本壽司料時可以使用到的英文單字。

## 未上榜的人氣壽司料遺珠

**octopus**
章魚

**fatty tuna**
鮪魚大腹

**conger eel**
穴子（星鰻）

**bonito**
鰹魚

**gizzard shad**
旗魚小鰭

**botan shrimp**
牡丹蝦

**clam**
蛤蠣

**red snapper**
紅鯛魚

**scallops**
帆立貝

**surf clam**
北寄貝

**flounder**
比目魚

**crab**
螃蟹

**sardine**
沙丁魚

**horse mackerel**
竹筴魚

**mackerel**
鯖魚

**sea urchin**
海膽

**red clam**
赤貝（魁蛤）

**yellowtail**
鰤魚

**young yellowtail**
間八（紅甘鰺）

**要記得喔！**

迴轉壽司的英文有幾種不同說法，如 conveyor belt sushi、sushi-go-round、merry-go-round sushi 等。澳洲則一般稱為 sushi train。

# 3 - 7 各式各樣的口感

**gooey**
黏糊糊的

**chewy**
有嚼勁的

**fluffy**
鬆軟的

**crispy**
酥脆的

**thick**
濃稠的

**crunchy**
脆的

**wobbly**
Q 彈的

**brittle**
易碎的

**dry**
乾巴巴的

**stringy**
帶筋的

在描述對食物的感想時，「口感」與味道一樣重要。試著唸唸看這些英文單字，fluffy（鬆軟的）、crispy（酥脆的）。

**練習說說看！**

- The noodles are **chewy**.（這麵條有嚼勁。）
- The muffin is **moist**.（這個瑪芬蛋糕口感濕潤。）
- The meat is **rubbery**.（這個肉吃起來像橡膠一般。）

# 3-8 無法形容味道的形容詞

**rich**
醇厚的

**bitter**
苦的

**bittersweet**
苦中帶甜的

**sweet and sour**
酸甜的

**spicy**
辣的

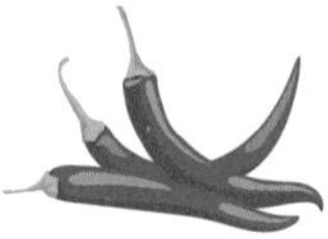

**tangy**
味道濃烈的

**aromatic**
香氣馥郁的

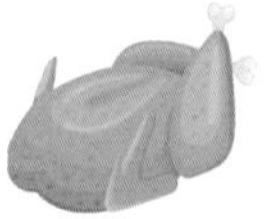

**greasy**
油膩的

**light**
清爽的

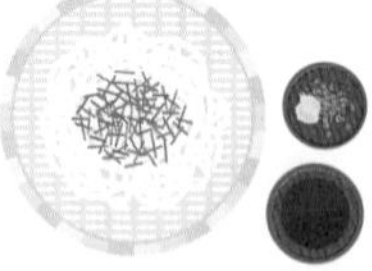

像 sweet（甜）、salty（鹹）、hot（辣）等基本的單字在學校或許也有教，不過大家應該想要學更精確表達味覺的詞彙吧？這裡介紹了再更細分的味覺表達，用餐時可以試著說說看。

### sugary
甜膩的

### brackish
死鹹的

### gamy
野味的、腥味的

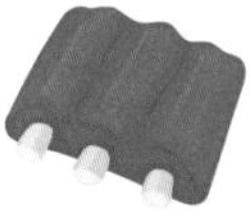

### garlicky
帶蒜味的

### nutty
帶堅果風味的

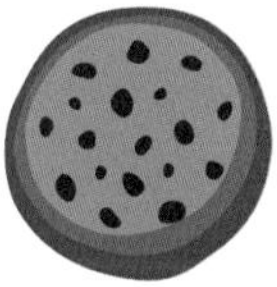

### tart
酸味強烈的

### fishy
魚腥味的

### gingery
帶薑味的

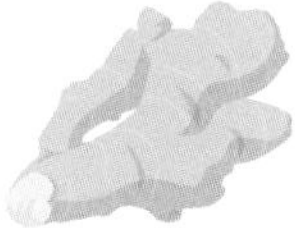

### syrupy
糖漿般的甜味

**練 習 說 說 看 ！**

- The chicken is **aromatic**.（這個雞肉香氣濃郁。）
- The water is **brackish**.（這杯水很鹹。）

# 3-9 不同程度的好吃和難吃

**delicious** 美味的

The kangaroo jerky is **delicious**.
這個袋鼠肉乾很美味。

**yummy** 好吃的

The kangaroo jerky is **yummy**.
這個袋鼠肉乾很好吃。

**tasty** 可口的

The kangaroo jerky is **tasty**.
這個袋鼠肉乾很可口。

**good** 不錯的

The kangaroo jerky is **good**.
這個袋鼠肉乾很不錯。

不管在家裡或是在餐廳，要對製作料理的人表達謝意，沒有比稱讚食物美味更好的表達方式。試著用以下這些單字來表達美味吧！

難吃

**not good**　不好吃的

The kangaroo jerky is **not** very **good**.
這個袋鼠肉乾沒有很好吃。

**tasteless**　無味的

The kangaroo jerky is **tasteless**.
這個袋鼠肉乾淡而無味。

**disgusting**　令人作嘔的

The kangaroo jerky is **disgusting**.
這個袋鼠肉乾令人作嘔。

**horrible**　難吃至極的

The kangaroo jerky is **horrible**.
這個袋鼠肉乾難吃到不行。

**要記得喔！**

yummy 主要是兒童用語，聽起來類似我們說的「豪豪ㄘ」，會有點幼稚的感覺。另外要特別注意，在國外對廚師說「難吃」也是沒有禮貌的行為。

# 3-10 你叫不出口的廚房用品

**ladle**
湯勺

**turner**
鍋鏟

**spatula**
抹刀

**whisk**
攪拌器

**slicer**
切片器

**peeler**
削皮刀

**grater**
刨絲器

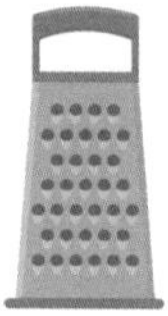

**rice scoop**
飯勺

**measuring spoons**
量匙

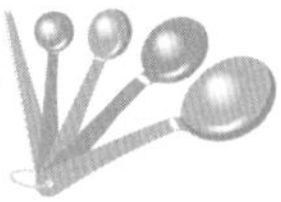

**can opener**
開罐器

**bottle opener**
開瓶器

**corkscrew**
螺旋型開瓶器

我們和外國人會用到的廚房用品幾乎沒有太大差別。這裡蒐集了英文食譜中經常出現的工具名稱。

**steamer**
蒸籠

**plastic container**
塑膠保鮮盒

**pot**
深鍋

**pan**
淺鍋

**frying pan**
炒鍋

**wok**
中式炒鍋

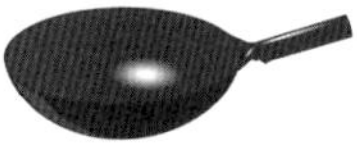

**strainer**
篩網

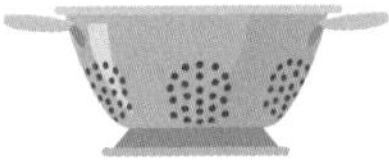

**sink-corner strainer**
三角瀝水籃

**knife**
刀

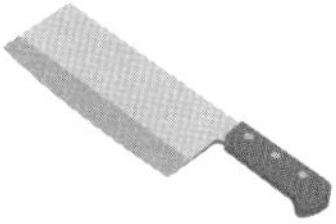

**cutting board**
砧板

**measuring cup**
量杯

**aluminum foil**
鋁箔紙

column

# 必學的餐桌禮儀

## 刀叉的擺放方式

**start**
餐前

**pause**
暫停用餐

**finished （US）**
用餐完畢（美國）

**finished （UK）**
用餐完畢（英國）

大家在海外旅行時，可能也碰過偶爾想去稍微高級一點的餐廳用餐，卻搞不懂餐桌禮儀的狀況。一起來學習刀叉的擺放方式及餐巾的正確使用方法吧！

## 餐巾使用方式

① 上菜時，將餐巾置於膝蓋上

② 用餐巾內側擦嘴巴

③ 中途離席時將餐巾放置於椅子上

④ 結帳離開時將餐巾放置於桌面上

column

# 咖啡的種類

**espresso**
濃縮咖啡

**espresso macchiato**
濃縮瑪奇朵

**americano**
美式咖啡

**long black**
澳洲式黑咖啡

**café latte**
拿鐵

**café au lait**
咖啡歐蕾

周遭有不少海外咖啡連鎖店進駐，日常可以選擇的咖啡種類也變多了。想必大家應該都能說明拿鐵跟卡布奇諾的差別吧？

**café mocha**
摩卡

**flat white**
馥列白

**Vienna coffee**
維也納咖啡

**cappuccino**
卡布奇諾

**latte macchiato**
拿鐵瑪奇朵

**hot chocolate**
熱可可

# 4

# 學校生活、交朋友

對於各位學生讀者來說，學校是生活的重心。

生活中常用到的文具，你能用英文描述嗎？

另外，本章也會詳細介紹

社會生活中不可或缺的

「人際關係／溝通」相關英文單字。

你也許會發現，原來有這麼多你不知道的詞彙！

# 4-1 各式各樣的學校

**要記得喔！**

college 指學院，university 則指綜合性大學。不過當要表達「我是大學生」的時候，不論就讀的是小型的學院或綜合性大學，一般都會說 I'm a college student.，而不會說 I'm a university student.。

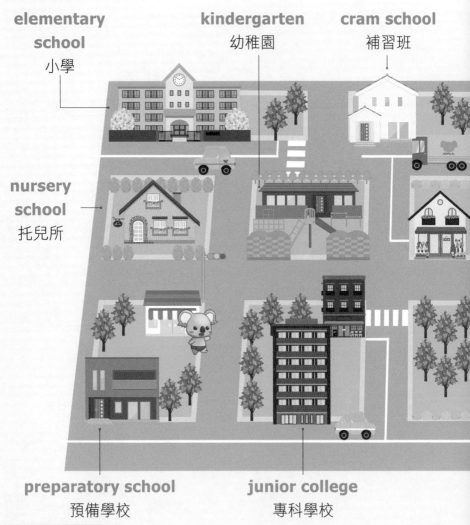

不同國家或地區的教育制度各不相同，不過在國外跟外國人聊到學校、教育話題的頻率還是不低。一起來學習介紹教育制度時不可或缺的各級學校機構名稱吧！

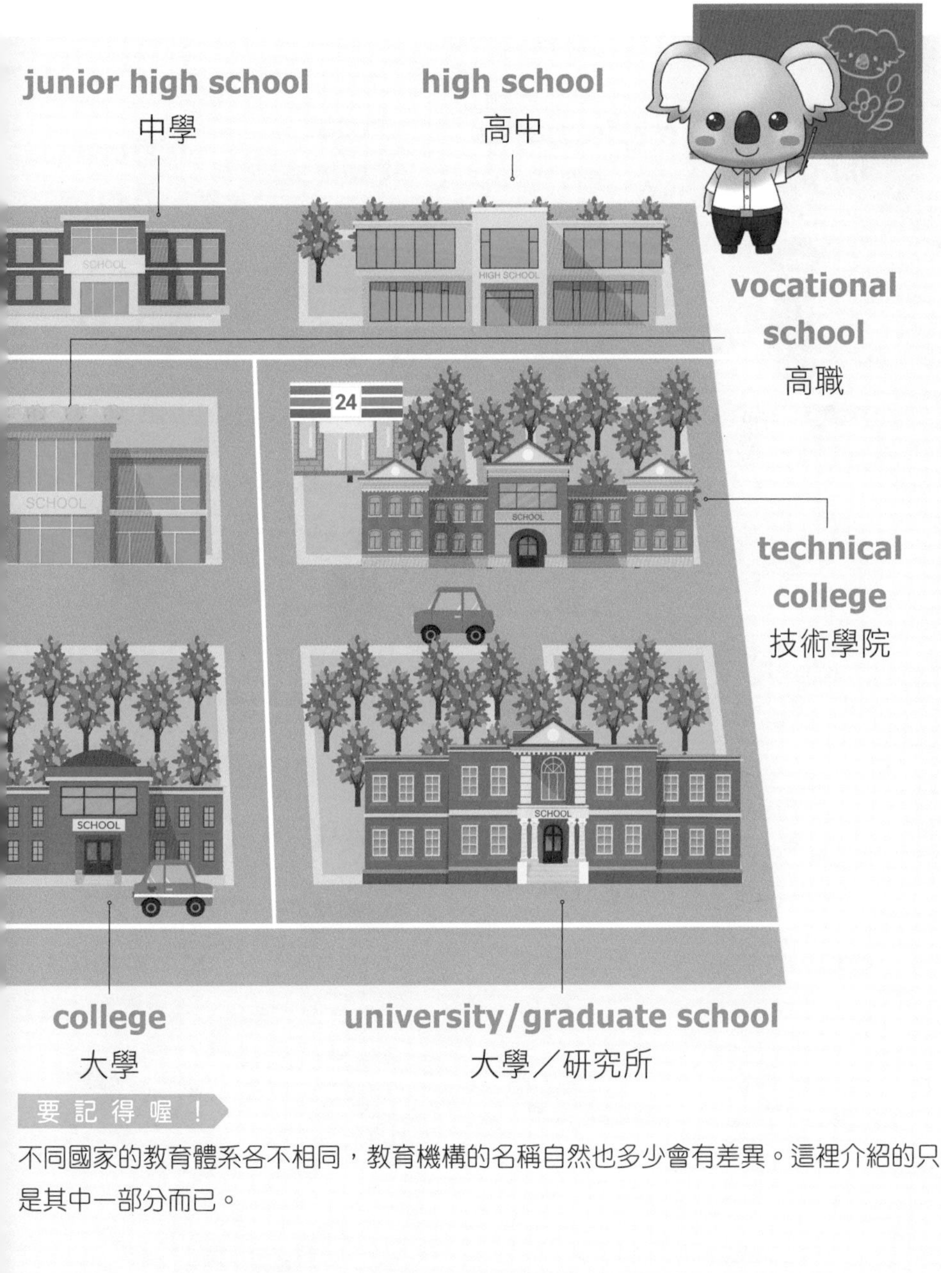


**要記得喔！**

不同國家的教育體系各不相同，教育機構的名稱自然也多少會有差異。這裡介紹的只是其中一部分而已。

# 4-2 各式各樣的科目、科系

**Japanese language**
日文

**mathematics**
(math)
數學

**social studies**
社會學科

**history**
歷史

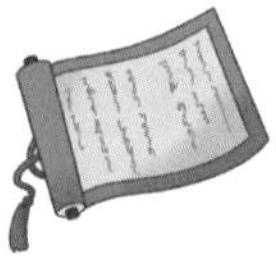

**geography**
地理

**ethics**
倫理學

**civics**
公民

**natural science**
自然科學

**music**
音樂

**fine arts**
美術

**home economics**
家政

**physical education (P.E.)**
體育

**chemistry**
化學

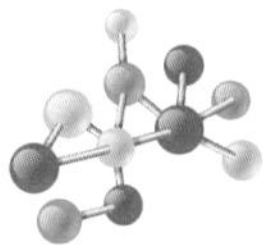

**biology**
生物

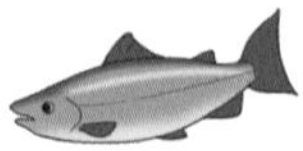

**physics**
物理

**economics**
經濟學

這一頁介紹國小、國中、高中、大學中的「科目」。我們一般會說「我是○○系」來表達自己在大學的主修科系，不過如果直接翻成英文的 My department is ... 會顯得不太自然。英文較常見的說法是 My major is ...( 我主修…… )或 I study ...( 我在學…… )。

**accounting**
會計學

**philosophy**
哲學

**politics**
政治學

**literature**
文學

**linguistics**
語言學

**statistics**
統計學

**medical science**
醫學

**dentistry**
牙醫學

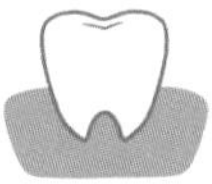

**pharmaceutics**
藥學

**psychology**
心理學

**archeology**
考古學

**law**
法學

**engineering**
工程學

**computer science**
資訊科學

**education**
教育學

**commercial science**
商學

# 4 - 3 各式各樣的學校活動

## 【典禮、活動】

entrance ceremony 入學典禮
graduation ceremony 畢業典禮
school festival 校慶
sports festival 運動會
ball-game competition 球類比賽
choral competition 合唱比賽

## 【校外學習】

school picnic 遠足
overnight excursion 山上短期旅行
seaside school 到海邊的教育活動
field trip 野外考察
school trip 校外教學
workplace experience 業界實習

send-off party 歡送會
farewell party 送別會
welcome & farewell party 迎新送舊
school assembly 全校集會
grade assembly 年級集會

## 【集會】

不管是什麼校園活動都給人留下無數美好回憶，但大多數人可能都不知道這些活動的英文要怎麼說。在這一頁學習如何用英文表達學校活動，並用英文生動地分享你的校園回憶吧！

【檢查、訓練】

**physical examination** 健康檢查
**body measurement** 身體測量
**dental checkup** 牙齒檢查
**eye checkup** 視力檢查
**internal medicine checkup** 內科檢查
**evacuation drill** 避難演習

【親師活動】

**class observation** 參觀授課
**home visit** 家庭訪問
**private interview** 一對一面談
**parent-teacher-student conference** 親師生三方面談

【其他】

**cleaning day** 大掃除日
**arts appreciation** 藝術鑑賞
**school anniversary** 創校紀念日
**teaching practice** 教育實習

# 4 - 4 你叫不出口的文具

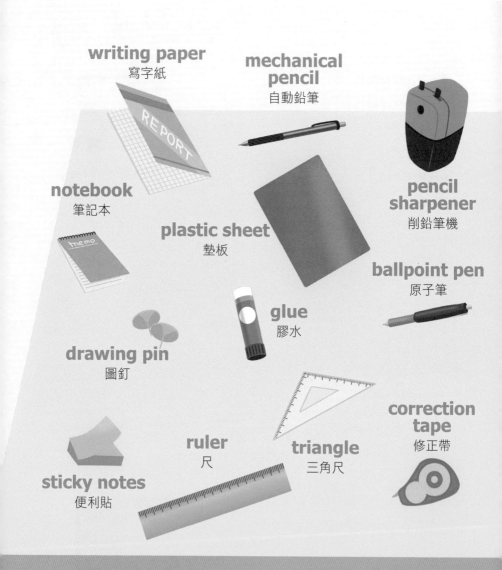

writing paper
寫字紙
mechanical pencil
自動鉛筆
pencil sharpener
削鉛筆機
notebook
筆記本
memo
REPORT
plastic sheet
墊板
ballpoint pen
原子筆
glue
膠水
drawing pin
圖釘
correction tape
修正帶
ruler
尺
triangle
三角尺
sticky notes
便利貼

日本的文具品質相當頂尖，赴日旅遊時不妨帶一些小文具當伴手禮。可愛造型的橡皮擦和原子筆一直都很受歡迎，最近擦擦筆則因其便利性成為了新寵兒。

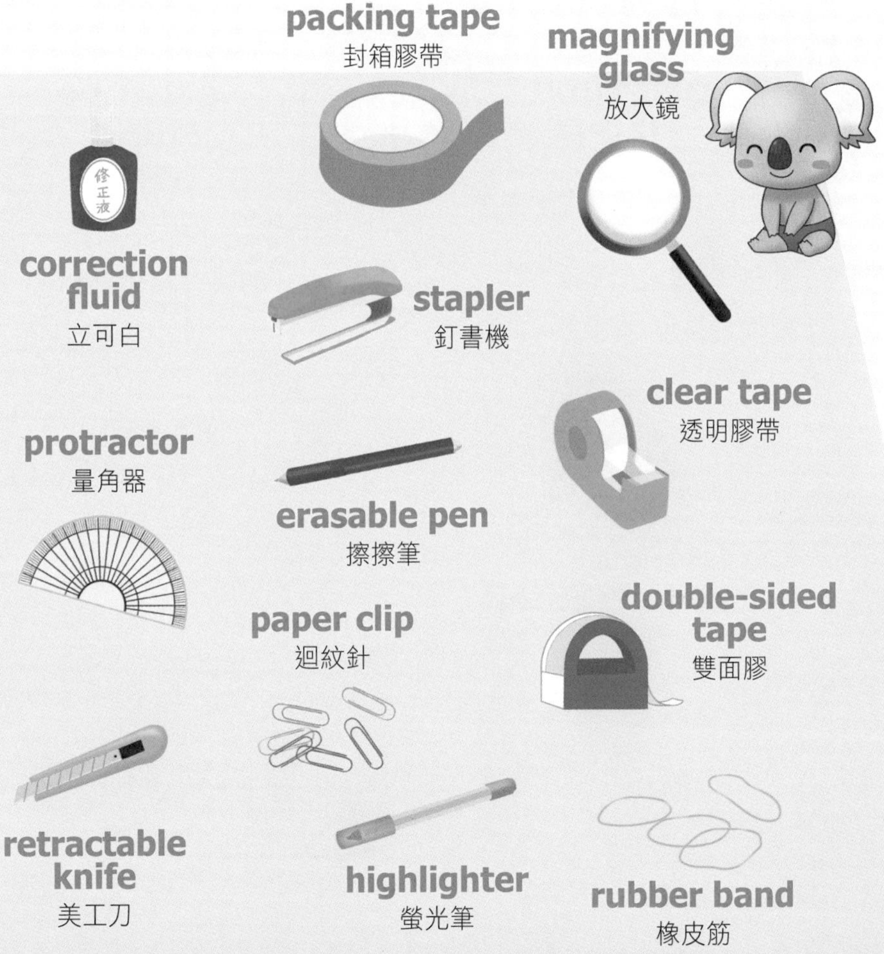

# 4-5 各式各樣的實驗器材

**test tube**

試管

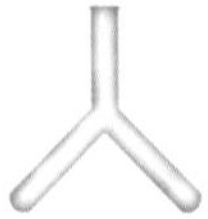

**forked test tube**

Y 型試管

**test tube clamp**

試管夾

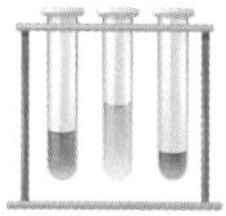

**test tube stand**

試管架

**T-tube**

T 型管

**stirring rod**

玻璃棒

**flask**

燒瓶

**round-bottomed flask**

圓底燒瓶

**flat-bottomed flask**

平底燒瓶

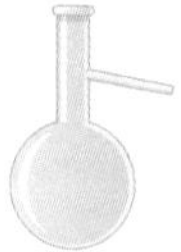

**side-arm flask**

過濾吸引瓶

**beaker**

燒杯

**alcohol burner**

酒精燈

你能用英文說出化學實驗室裡的各式實驗器材嗎？不過要特別注意，其中其實藏有不是來自英文的詞彙。例如「pincet（鑷子）」來自荷蘭文、「Petri dish（培養皿）」則來自德文。

**tripod**
三腳架

**funnel**
漏斗

**graduated cylinder**
量筒

**stand**
鐵架台

**pipette**
移液器

**tweezers**
鑷子

**Petri dish**
培養皿



**evaporating dish**
蒸發皿

**gas collecting bottle**
集氣瓶

**sample slide**
玻片

**Bunsen burner**
本生燈

**microscope**
顯微鏡

據說 **beaker**（燒杯）的名稱來自於 **beak**（鳥喙）。真有趣……

# 4-6 教育問題關鍵字

| | |
|---|---|
| 霸凌 | **bullying** |
| 無壓力學習 | **pressure-free schooling** |
| 逃學者 | **truant** |
| 班級秩序崩壞 | **class disruption** |
| 停課 | **temporary closing of classes** |
| 考試地獄 | **examination hell** |
| 退學 | **drop out** |
| 學歷至上社會 | **academic meritocracy** |
| 教育資源不均 | **education gap** |

在日本，逃學生是一大教育問題。美國等地則因為各式原因盛行 home schooling（在家自學），而法律上也認可其學歷。美國大學所提供的線上課程也相當豐富。

| | |
|---|---|
| 同儕壓力 | **peer pressure** |
| 填鴨式教育 | **rote learning** |
| 體罰 | **physical punishment** |
| 校園暴力 | **school violence** |
| 直升機家長 | **helicopter parent** |
| 師資不足 | **lack of teachers** |
| 少子化 | **declining birthrate** |
| 男女共學 | **coeducation** |
| 廢校 | **closing of school** |

# 4-7 各式各樣的考試

mid-term exam
期中考

final exam
期末考

entrance exam
入學考

practice exam
模擬考

makeup exam
補考

academic ability test
學業能力測驗

learning ability test
學習能力測驗

true or false test
是非題

各式考試可說是學生時代必經的過程。如果未來有計畫出國留學，school report（在校成績單）也是非常重要的。一步步累積自己的成績吧！

要記得喔！

這裡再補充一些考試相關詞彙。

「考試作弊」是 cheat on an exam、「不及格」是 get a failing grade、「考前一晚臨時抱佛腳」是 all-night cramming。不過 You can't pass the exam by all-night cramming.（光靠臨時抱佛腳是不會及格的。）

# 4-8 各式各樣的朋友

**friend**
朋友

**a friend of a friend**
朋友的朋友

**close friend**
親近的朋友

**true friend**
真正的朋友

**best friend**
摯友

**childhood friend**
兒時玩伴

**classmate**
同班同學

**workmate**
工作夥伴

我們常說的「朋友」可以分成很多種，包含從碰到面會打招呼的「點頭之交」到無話不談的「摯友」。這一頁整理出表達不同朋友關係的詞彙。

**acquaintance**
熟人

**frenemy**
偽裝成朋友的敵人

**alter ego**
知己

**Hi buddy**
點頭之交

**confidant**
密友

**female friend /male friend**
女性朋友／男性朋友

**companion**
同伴

**friend with benefits**
帶有性關係的朋友

**要記得喔！**

要特別注意，英文中 boyfriend / girlfriend 指的是正在交往中的「男朋友／女朋友」。

## 4 - 9 表達個性的形容詞

**cheerful** 歡快的 ↔ **gloomy** 陰沉的

**serious** 認真的 ↔ **frivolous** 輕浮的

**extroverted** 外向的 ↔ **introverted** 內向的

**decisive** 具決斷力的 ↔ **indecisive** 優柔寡斷的

**jovial** 開朗的 ↔ **withdrawn** 沉靜的

**humble** 謙虛的 ↔ **arrogant** 自大的

**optimistic** 樂觀的 ↔ **pessimistic** 悲觀的

**obedient** 服從的 ↔ **twisted** 怪誕的

平時在介紹人的時候，經常會介紹對方的性格，如「他是個開朗的人」、「他是個親切的人」、「他是個認真的人」等。這些形容詞的英文單字經常用得上，先記下來絕對不吃虧！將「同反義詞」兩兩一組一起記，可以更有效率的增加單字量。

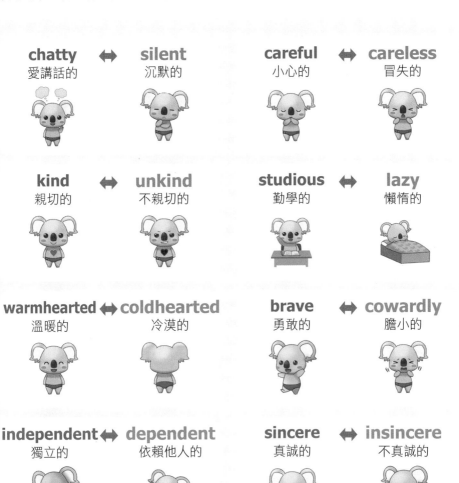

**chatty** ↔ **silent**
愛講話的 ↔ 沉默的

**careful** ↔ **careless**
小心的 ↔ 冒失的

**kind** ↔ **unkind**
親切的 ↔ 不親切的

**studious** ↔ **lazy**
勤學的 ↔ 懶惰的

**warmhearted** ↔ **coldhearted**
溫暖的 ↔ 冷漠的

**brave** ↔ **cowardly**
勇敢的 ↔ 膽小的

**independent** ↔ **dependent**
獨立的 ↔ 依賴他人的

**sincere** ↔ **insincere**
真誠的 ↔ 不真誠的

**She is cheerful. I like her!**（她很陽光開朗，我喜歡她！）

# 4-10 表達人格特質的名詞

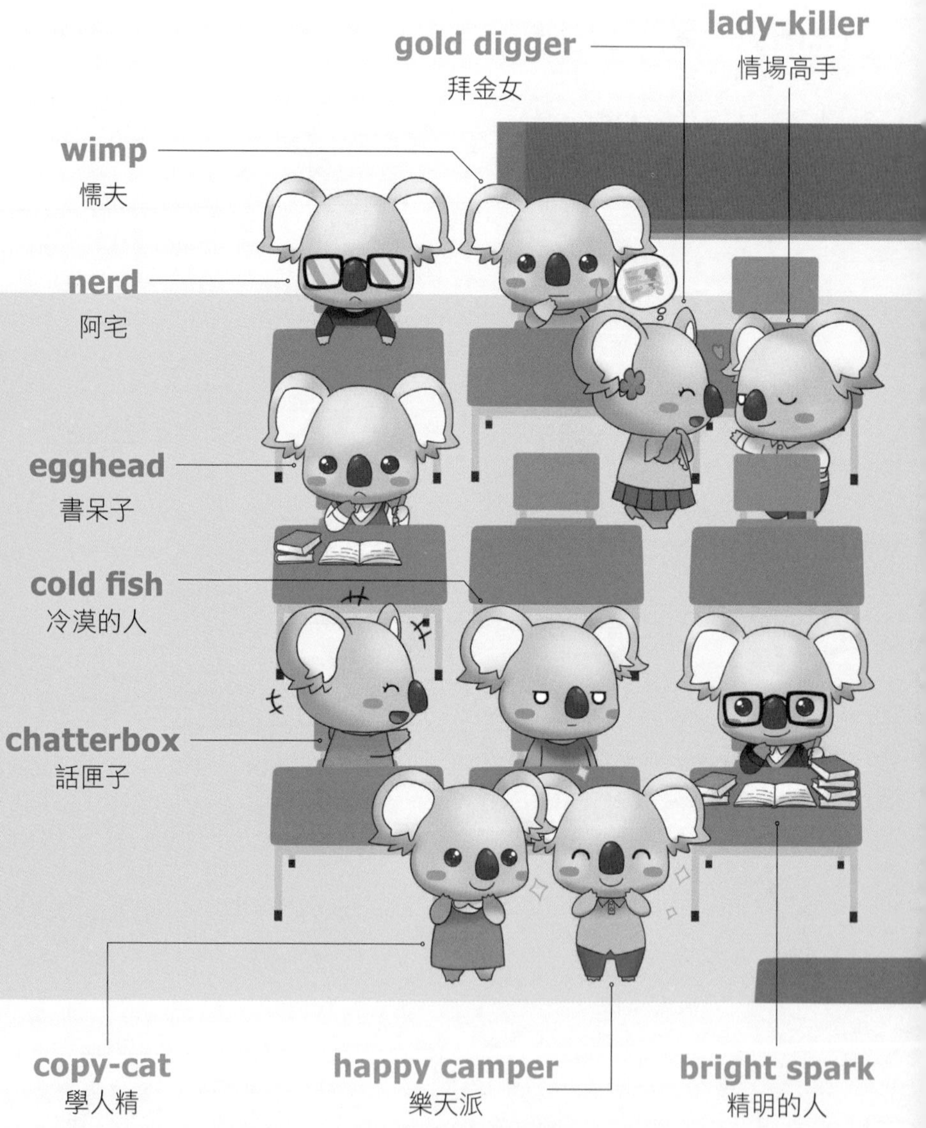

lady-killer
情場高手
gold digger
拜金女
wimp
懦夫
nerd
阿宅
egghead
書呆子
cold fish
冷漠的人
chatterbox
話匣子
copy-cat
學人精
happy camper
樂天派
bright spark
精明的人

大家身邊應該都有阿宅、話匣子、派對咖……等不同的人。這一頁介紹的詞彙都是名詞，可以用 a (an) +名詞的句型來表達「他是個〇〇的人」。試著將這些詞彙套用在你身邊的人身上吧！

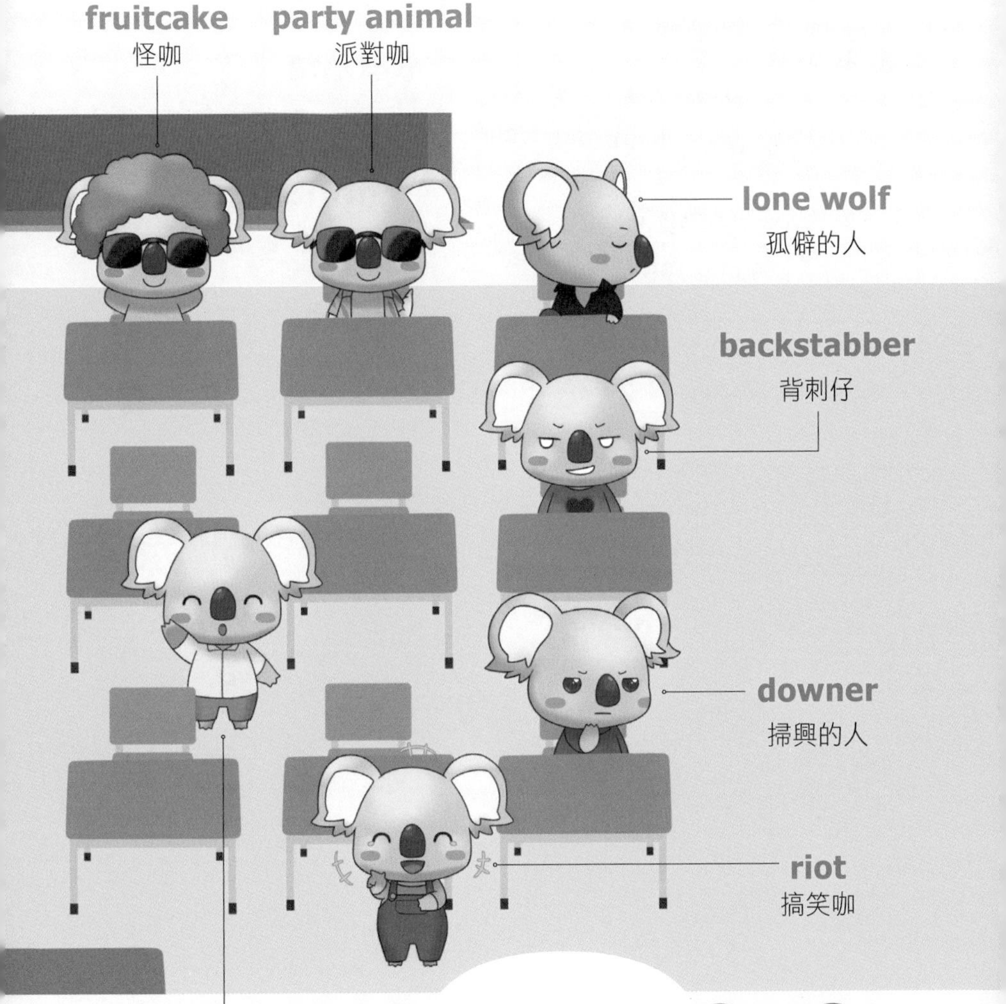

He always reads books. He is an egghead.（他總是在讀書，是個書呆子。）

## 4-11 日常對話中常用的縮略語

### to 的變化

**want to** ▶ **wanna**

I **wanna** live in Australia. 我想要住在澳洲。

**going to** ▶ **gonna**

I'm **gonna** take a shower. 我要去洗澡。

**have got to** ▶ **gotta**

I **gotta** go. 我得走了。

**have to** ▶ **hafta**

I **hafta** climb the tree. 我必須爬樹。

### of 的變化

**out of** ▶ **outta**

Get **outta** here! 滾出這裡！

**kind of** ▶ **kinda**

What **kinda** tree is it? 這是什麼樹？

**sort of** ▶ **sorta**

That's the **sorta** thing I want. 那就是我想要的東西。

**lot of** ▶ **lotta**

There are a **lotta** trees. 這裡有很多樹。

常看歐美電影或聽西洋歌曲就會經常聽到以下的縮略語。由於這些詞彙日常生活中也會經常出現，因此只要能熟練應用，英文也能變流利。不過由於這是非常口語的表達，幾乎不會被用在寫作上。

## you 的變化

**don't you** ▶ **doncha**

**Doncha** know? 你不知道嗎？

**got you** ▶ **gotcha**

**Gotcha**. 我知道了。

**what are you** ▶ **watcha**

**Watcha** doing? 你在做什麼？

**bet you** ▶ **betcha**

You **betcha**! 當然！

## 其他

**let me** ▶ **lemme**

**Lemme** know. 告訴我。

**give me** ▶ **gimme**

**Gimme** a sec. 等我一下。

**don't know** ▶ **dunno**

**Dunno**. 不知道。

**come on** ▶ **c'mon**

**C'mon** guys! 來吧！

# 4-12 網路上常用的縮寫／各種網路上的「笑」

縮寫

| 英文 | 縮寫 | 意思 |
|---|---|---|
| for | 4 | （介系詞） |
| before | B4 | ～之前 |
| because | cuz | 因為 |
| see you | cya | 再見 |
| Facebook | FB | Facebook |
| girlfriend | gf | 女朋友 |
| boyfriend | bf | 男朋友 |
| I see | ic | 我懂了 |
| just kidding | jk | 開玩笑的 |
| OK | k | 好 |
| love | luv | 愛 |
| please | plz | 拜託 |
| people | ppl | 人 |
| and | n | 然後 |
| are | r | （be 動詞） |
| you | u | 你 |
| your | yr | 你的 |
| thanks | thx | 謝謝 |
| birthday | bday | 生日 |
| text | txt | 文字訊息 |
| wait | w8 | 等 |
| with | w/ | 與～一起 |
| without | w/o | 沒有～ |
| sorry | sry | 抱歉 |
| good | gd | 好 |
| why? | y | 為什麼？ |
| congratulations | gz | 恭喜 |
| never mind | nvm | 別介意 |
| got to go | g2g | 得走了 |
| bye for now | b4n | 再見（暫時分別） |
| what's up? | sup | 你好嗎？ |
| no problem | np | 沒問題 |

跟外國人用社群媒體或聊天軟體對話時，大家是否也曾因碰到沒看過的縮寫而感到困惑過呢？雖然英文母語者經常使用這些縮寫，不過它們算是網路用語，因此使用前要留意説話的對象。對位階較高的人或在商務場合上絕對不要使用。

網上各種笑法

| 英文 | | 縮寫 | 意思 |
|---|---|---|---|
| **hehehe** | ▶ | hehe | 嘿嘿 |
| **hahaha** | ▶ | haha | 哈哈 |
| **laughing out loud** | ▶ | lol | 大笑出聲 |
| **laughing mad loud** | ▶ | lml | 爆笑出聲 |
| **lol** 的延續 | ▶ | loooool | 哈哈哈 |
| **lol** 的延續 | ▶ | lololol | 哈哈哈 |
| **laughing my ass off** | ▶ | lmao | 笑掉我屁股 |
| **rolling on the floor laughing** | ▶ | rofl | 笑倒在地板上滾 |
| **rofl + lmao** | ▶ | lomfao | 笑死我 |
| **rofl + lmao** | ▶ | roflmao | 笑死我 |
| **lol** 的變化 | ▶ | lul | 笑瘋 |
| **lul** 的複數 | ▶ | lulz | 笑死了 |
| **lul** 的放大版 | ▶ | omegalul | 笑到瘋掉 |
| **wrecked**（毀壞的）的變化 | ▶ | rekt | 完了、輸了 |
| **troll**（網路白目）**+ lolol** | ▶ | trololol | 哈被耍了 |
| **rofl + helicopter** | ▶ | roflcopter | 笑爛 |

# 4-13 各式各樣的童年遊戲

## 戶外遊戲

**hide-and-seek**
躲貓貓

**tag**
鬼抓人

**kick the can**
踢罐子

**red light, green light**
一二三木頭人

**jump rope**
跳繩

**monkey bars**
攀爬架

如果從小學至中學才開始學習英文，就不太有機會接觸到幼兒用的英文單字。這一頁介紹世界共通的遊戲名稱。

## 室內遊戲

### rock paper scissors
猜拳

### peek-a-boo
遮臉遊戲

### musical chairs
大風吹

### cat's cradle
翻花繩

### play house
扮家家酒

### thumb wrestling
拇指摔角

column

# 各國的學制

| | 日本 | 澳洲 |
|---|---|---|
| 學期起訖 | **4-3 月** | **1-12 月** |
| **3-4 歲** | 幼稚園 | kindergarten |
| **4-5 歲** | 幼稚園 | kindergarten |
| **5-6 歲** | 幼稚園 | prep year |
| **6-7 歲** | 小學一年級 | primary school year 1 |
| **7-8 歲** | 小學二年級 | primary school year 2 |
| **8-9 歲** | 小學三年級 | primary school year 3 |
| **9-10 歲** | 小學四年級 | primary school year 4 |
| **10-11 歲** | 小學五年級 | primary school year 5 |
| **11-12 歲** | 小學六年級 | primary school year 6 |
| **12-13 歲** | 中學一年級 | junior high school year 7 |
| **13-14 歲** | 中學二年級 | junior high school year 8 |
| **14-15 歲** | 中學三年級 | junior high school year 9 |
| **15-16 歲** | 高中一年級 | junior high school year 10 |
| **16-17 歲** | 高中二年級 | senior high school year 11 |
| **17-18 歲** | 高中三年級 | senior high school year 12 |

日本一般是小學 6 年、中學 3 年、高中 3 年、大學 4 年，不過學制當然不可能全世界都相通。要特別注意，如果沒有先意識到不同國家的教育制度有所不同，在對話時可能會溝通不良。

**英國**

**9-8 月**

| | |
|---|---|
| nursery | |
| nursery | |
| primary school | year 1 |
| primary school | year 2 |
| primary school | year 3 |
| primary school | year 4 |
| primary school | year 5 |
| secondary school | year 6 |
| secondary school | year 7 |
| secondary school | year 8 |
| secondary school | year 9 |
| secondary school | year 10 |
| secondary school | year 11 |
| sixth form/college | year 12 |
| sixth form/college | year 13 |

**美國**

**9-8 月**

| | |
|---|---|
| nursery | |
| nursery | |
| kindergarten | |
| elementary school | grade 1 |
| elementary school | grade 2 |
| elementary school | grade 3 |
| elementary school | grade 4 |
| elementary school | grade 5 |
| middle school | grade 6 |
| middle school | grade 7 |
| middle school | grade 8 |
| high school | grade 9 |
| high school | grade 10 |
| high school | grade 11 |
| high school | grade 12 |

column

# 全世界通用的 Instagram Hashtag

| hashtag | 原文 | 意思 |
|---|---|---|
| #ootd | outfit of the day | # 今日穿搭 |
| #qotd | quote of the day | # 今日名言 |
| #picoftheday | picture of the day | # 今日照片 |
| #lol | laugh out loud | # 大笑出聲 |
| #foodporn | foodporn | # 美食照片 |
| #foodgasm | food orgasm | # 好吃到銷魂 |
| #f4f (#fff) | follow for follow | # 互相追蹤 |
| #l4l | like for like | # 互相按愛心 |
| #c4c | comment for comment | # 互相回覆 |
| #tflers | tag for likes | # 求按愛心 |

Instagram 也可能成為你認識各國朋友的契機！加上英文的 hashtag 來獲得更多愛心吧！

| hashtag | 原文 | 意思 |
| --- | --- | --- |
| #igers | instagrammers | #Instagram 網紅 |
| #instagood | instagram + good | # 超讚貼文 |
| #instamood | instagram + mood | # 貼文心情 |
| #swag | swagger | # 很酷 |
| #vscocam | VSCO Cam | # 用 VSCO 拍攝的照片 |
| #ss | screen shot | # 螢幕截圖 |
| #mcm | man crush Monday | # 喜歡的男生 |
| #tt | transformation Tuesday | # 自己的變化及成長 |
| #wcw | woman crush Wednesday | # 喜歡的女生 |
| #tbt | throwback Thursday | # 發布舊照片 |
| #ff | follow Friday | # 推薦正在追蹤的人 |

**要記得喔！**

「#mcm」至「#ff」原本都是跟一週裡的各天相關的 hashtag，使用者會依照相應的日子發文，不過現在發布時已經不會管星期幾了。

# 5

# 身體、健康

生活中總會出現不舒服及身體問題。

應該有人碰過在出國旅行時生病，

必須要去醫院報到的狀況吧？

在本章學會與自己的身體相關的單字，

來以備不時之需吧！

5-1

# 你叫不出口的身體部位、器官

## 身體部位

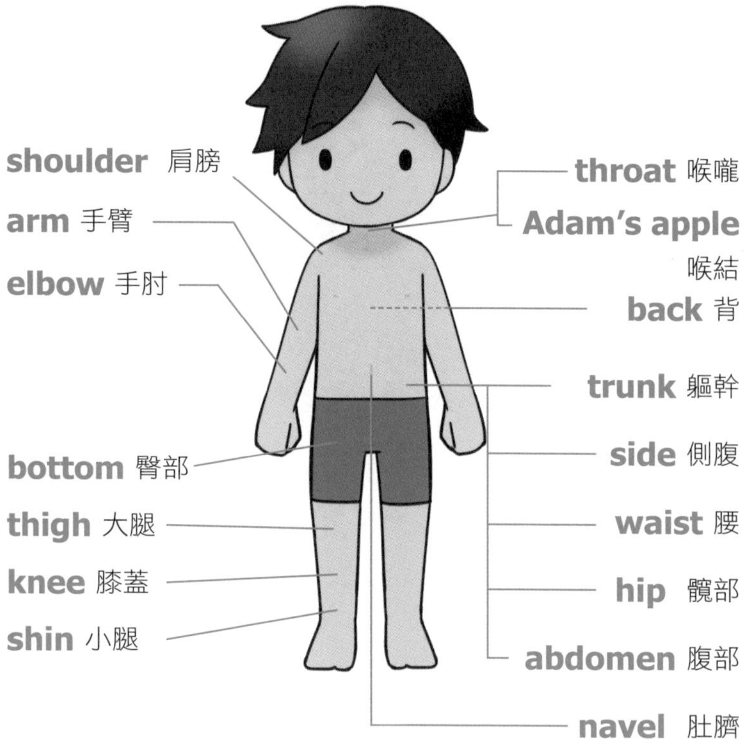


**要記得喔！**

乳房是 breast、胸部是 chest，在醫院等機構會稱呼女性胸部為 bust 和 bosom，是更正式的詞彙。

大家可能知道頭、頸、肩、腳等基本的英文單字，但你會說「小腿」或「大腿」的英文嗎？趁此機會，連內臟的英文都一起學起來吧！

## 內臟、器官

**brain** 腦

**trachea** 氣管

**thyroid** 甲狀腺

**lungs** 肺

**heart** 心臟

**liver** 肝臟

**pancreas** 胰腺

**duodenum** 十二指腸

**large intestine** 大腸

**appendix** 闌尾

**tonsils** 扁桃腺

**esophagus** 食道

**diaphragm** 橫膈膜

**stomach** 胃

**gallbladder** 膽囊

**aorta** 大動脈

**small intestine** 小腸

**rectum** 直腸

**urethra** 尿道

**bladder** 膀胱

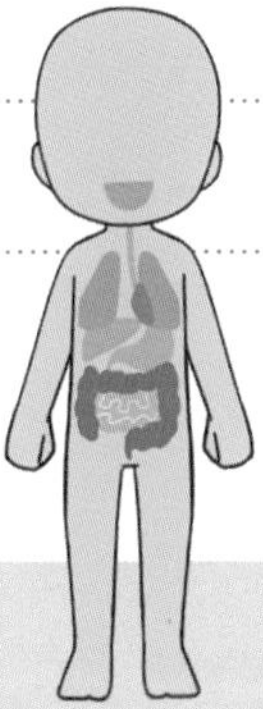

5-2

# 你叫不出口的手腳部位

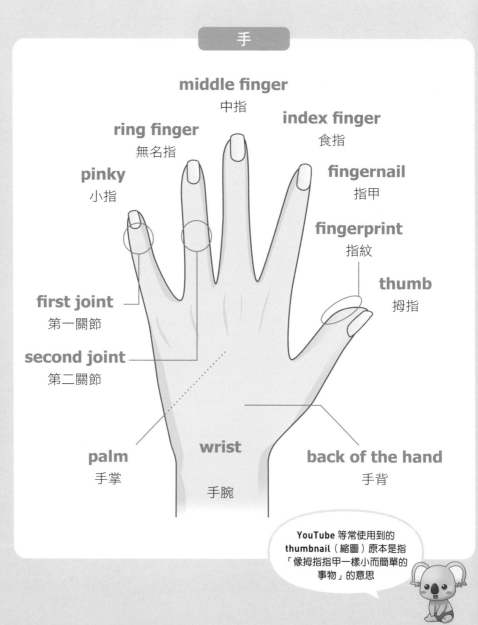

## 手

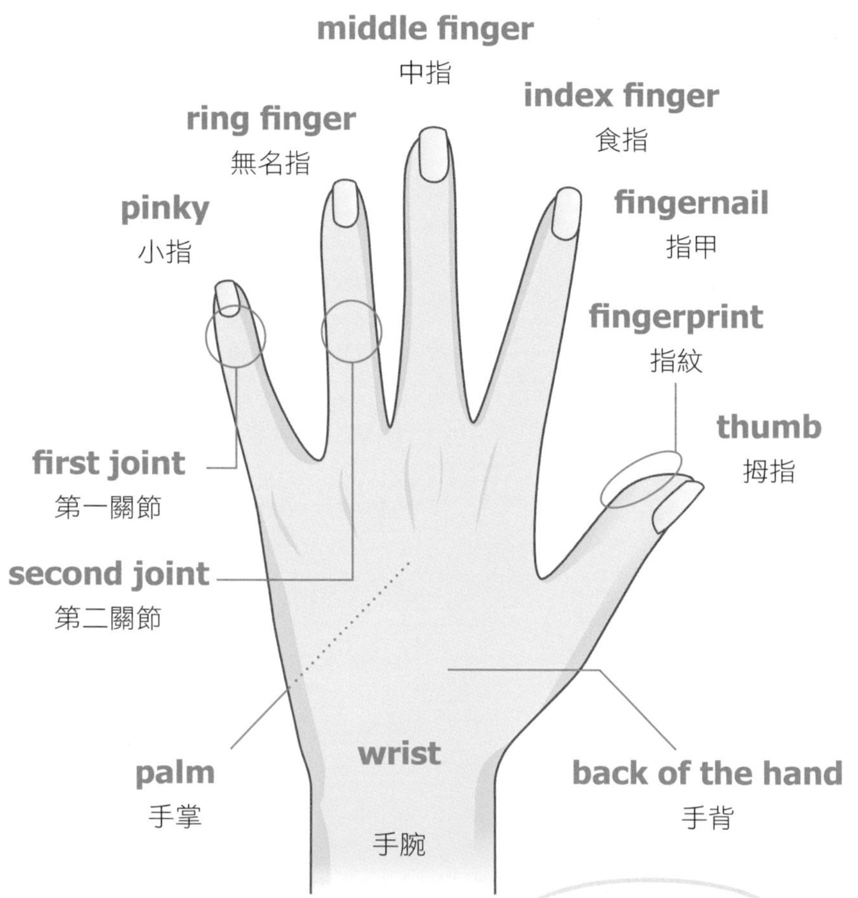


YouTube 等常使用到的 thumbnail（縮圖）原本是指「像拇指指甲一樣小而簡單的事物」的意思

手指與腳趾在英文中其實是不同單字。除了手指、腳趾之外，還有很多大家所不知道的手腳相關英文單字喔！

腳

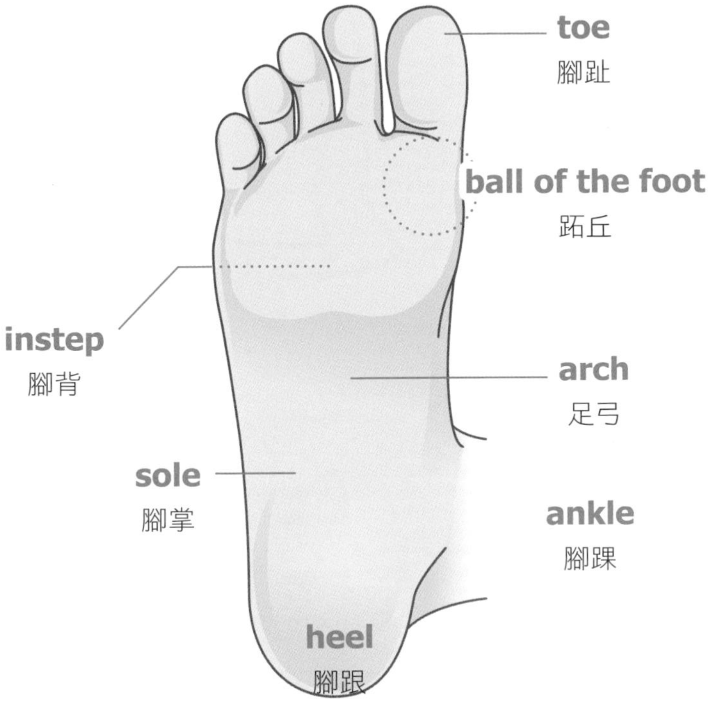

# 5 - 3 你叫不出口的臉部部位

**眼部周圍**

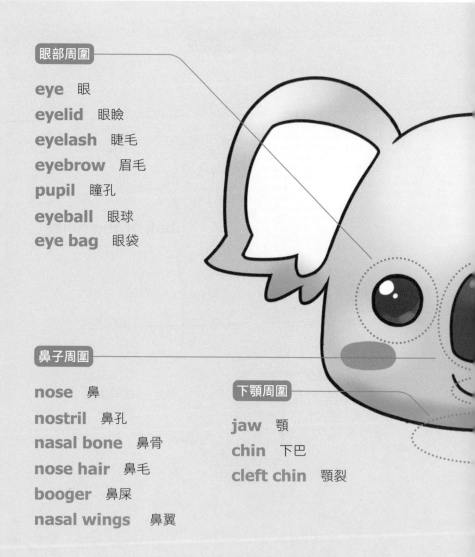

**eye** 眼
**eyelid** 眼瞼
**eyelash** 睫毛
**eyebrow** 眉毛
**pupil** 瞳孔
**eyeball** 眼球
**eye bag** 眼袋

**鼻子周圍**

**nose** 鼻
**nostril** 鼻孔
**nasal bone** 鼻骨
**nose hair** 鼻毛
**booger** 鼻屎
**nasal wings** 鼻翼

**下顎周圍**

**jaw** 顎
**chin** 下巴
**cleft chin** 顎裂

眼、耳、口、鼻……這些臉部部位學校應該也會教到，不過你們知道再更細分的各個部位的名稱嗎？

耳朵周圍

**ear** 耳
**earlobe** 耳垂
**earhole** 耳孔
**ear hair** 耳毛
**eardrum** 耳膜
**earwax** 耳垢

嘴巴周圍

**mouth** 口
**tongue** 舌
**dimple** 酒窩
**upper lip** 上唇
**lower lip** 下唇
**philtrum** 人中
**laugh line** 法令紋

其他

**forehead** 額頭
**temple** 太陽穴
**mole** 痣
**wrinkle** 皺紋
**pores** 毛孔
**freckle** 雀斑
**pimple** 痘痘

# 5 - 4 表達體型的形容詞

| scrawny<br>皮包骨 | skinny<br>瘦巴巴 | slender<br>纖瘦 | thin<br>瘦 |
|---|---|---|---|

| scrawny koala | skinny koala | slender koala | thin koala |
|---|---|---|---|
| 瘦成皮包骨的無尾熊 | 瘦巴巴的無尾熊 | 纖瘦的無尾熊 | 瘦的無尾熊 |
| 暗指營養失調 | 只有骨頭和皮膚般枯瘦的樣子 | 用來形容男性，稍微有點負面語意 | 最普遍用來表達「瘦」的詞彙 |

## 瘦

從「皮包骨」到「肥胖」，英文中表現不同體型的詞彙非常多。不過在國外，針對體型的討論也比我們更為禁忌。這一頁部分單字也帶有否定、歧視意味，在學習時務必留意。

**chubby**
胖嘟嘟

**fat**
胖

**obese**
肥胖

**muscular**
健壯

**chubby koala**
胖嘟嘟的無尾熊

**fat koala**
胖的無尾熊

**obese koala**
肥胖的無尾熊

**muscular kangaroo**
健壯的袋鼠

給人豐滿可愛的印象

最普遍用來表達「胖」的詞彙，帶有侮辱的語意

過分肥胖到不健康的程度

經過鍛鍊的肌肉、強健的身體

胖

5 - 5

# 各式各樣的疾病、身體不適

**hay fever**
花粉症

**flu**
流行性感冒

**athlete's foot**
香港腳

**rhinitis**
鼻炎

**depression**
憂鬱症

**constipation**
便祕

**diarrhea**
腹瀉

**hypertension**
高血壓

**migraine**
偏頭痛

**food poisoning**
食物中毒

**menstrual cramps**
生理痛

**asthma**
氣喘

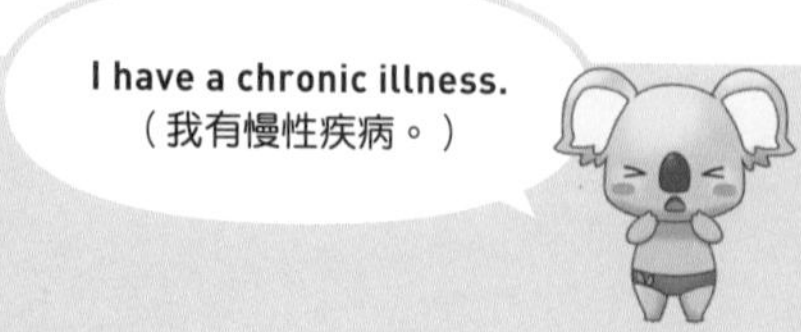
I have a chronic illness.
（我有慢性疾病。）

可能有不少人一到春天就會受花粉症所苦。順帶一提，「我對〇〇過敏」的英文是 I'm allergic to…。花粉是 pollen、小麥是 wheat、蕎麥則是 buckwheat，可以套用在前面的句型中使用。

**hemorrhoids**
痔瘡

**appendicitis**
闌尾炎

**gastritis**
胃炎

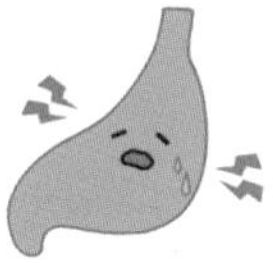

**pneumonia**
肺炎

**hives**
蕁麻疹

**chicken pox**
水痘

**insomnia**
失眠

**cancer**
癌症

**malnutrition**
營養失調

**dehydration**
脫水

**heat stroke**
中暑

**infection**
感染

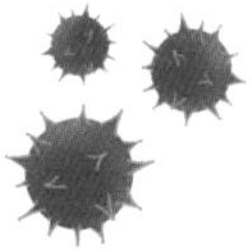

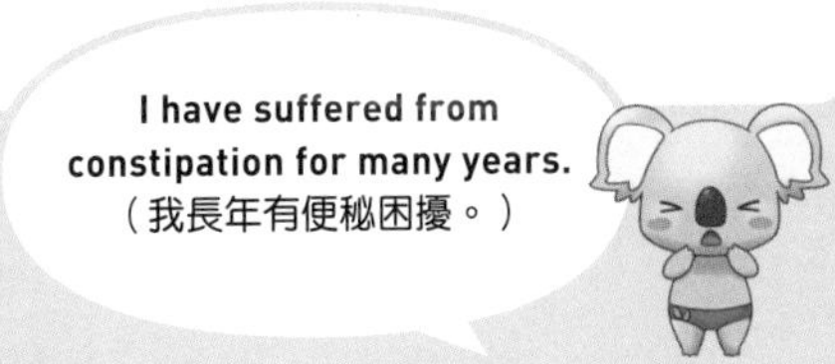
I have suffered from constipation for many years.
（我長年有便秘困擾。）

# 5-6 各式各樣的受傷

| | | | |
|---|---|---|---|
| **sprained finger** | 手指扭傷 | **graze** | 擦傷 |
| **stab wound** | 刺傷 | **scar** | 傷疤 |
| **bruise** | 瘀青 | **bite wound** | 咬傷 |
| **scab** | 痂 | **boil** | 癤子 |
| **insect bite** | 被蟲咬 | **swelling** | 腫脹 |
| **pus** | 膿 | **sty** | 麥粒腫 |
| **internal hemorrhage** | 內出血 | **sprained ankle** | 腳踝扭傷 |
| **birthmark** | 胎記 | **incised wound/gash** | 割傷 |

日常生活中總會有些小受傷。大家並不太會用英文表達許多與受傷相關的單字。在這一頁學習怎麼説身體表面會出現的幾種主要外傷吧。

| | | | |
|---|---|---|---|
| **fracture** | 骨折 | **cracked bone** | 骨裂 |
| **dislocation** | 脱臼 | **frostbite** | 凍傷 |
| **chilblains** | 凍瘡 | **whiplash** | 揮鞭式頸部損傷 |
| **pulled muscle** | 拉傷 | **tendonitis** | 肌腱炎 |
| **muscle pain** | 肌肉痛 | **bump** | 腫塊 |
| **burn** | 燒傷 | **scald** | 燙傷 |
| **slipped disk** | 椎間盤突出 | **backache** | 腰痛 |
| **arthritis** | 關節炎 | **blister** | 水泡 |

# 5-7 各式各樣的醫院分科

**general practice**
一般科

**general internal medicine**
一般內科

**neurology**
神經內科

**cardiology**
心臟內科

**psychosomatic medicine**
身心科

**hematology**
血液科

**hepatology**
肝臟內科

**nephrology**
腎臟內科

**gastrointestinal surgery**
消化外科

**gastroenterology**
腸胃科

**respiratory medicine**
胸腔內科

**metabolism and endocrinology**
內分泌及代謝科

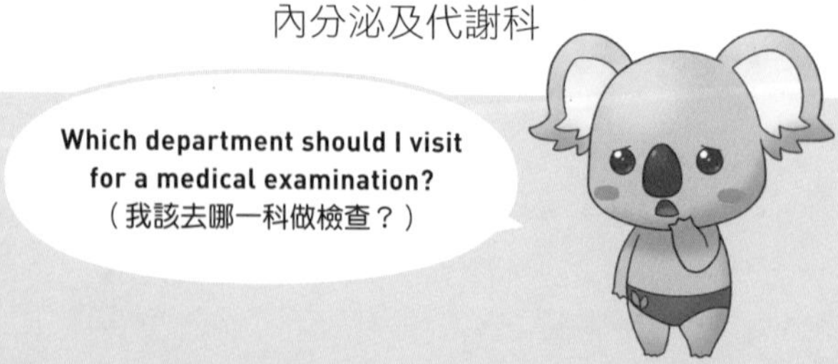
Which department should I visit for a medical examination?
（我該去哪一科做檢查？）

雖然希望不要發生，不過如果旅途中生病了，應該去哪一個科別就診呢？順帶一提，如果在美國等地因突發狀況到醫院看診，會被收取令人震驚的高額費用。去旅行或留學之前最好買個保險。

**general surgery**
一般外科

**neurosurgery**
神經外科

**orthopedic surgery**
骨外科

**pediatrics**
小兒科

**dentistry**
牙科

**otorhinolaryngology**
耳鼻喉科

**dermatology**
皮膚科

**obstetrics and gynecology**
婦產科

**urology**
泌尿科

**cardiovascular surgery**
心臟血管外科

**ophthalmology**
眼科

**psychiatry**
精神科

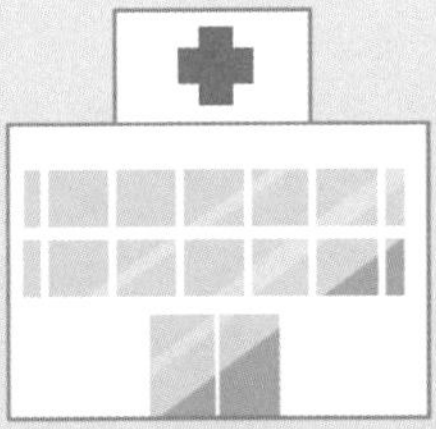

# 5-8 醫院裡常用的詞彙

| | | | |
|---|---|---|---|
| **injection** | 注射 | **blood test** | 血液檢查 |
| **medical questionnaire** | 醫療問卷 | **family history** | 家族病史 |
| **health insurance card** | 健保卡 | **consultation fee** | 看診費 |
| **chronic disease** | 慢性病 | **reference** | 轉介信 |
| **prescription** | 處方簽 | **thermometer** | 溫度計 |
| **appetite** | 食慾 | **stethoscope** | 聽診器 |
| **pregnant** | 懷孕 | **symptom** | 症狀 |
| **IV** | 靜脈注射 | **first visit** | 初診 |

即使能表達自己的症狀，如果聽不懂醫生說的話也會很麻煩！這一頁彙整了基本的醫院詞彙，以備旅途中的不時之需。

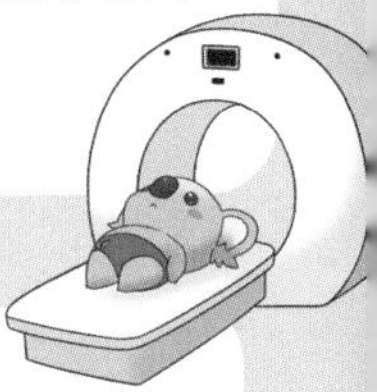

| | | | |
|---|---|---|---|
| **wheelchair** | 輪椅 | **CT scan** | 電腦斷層攝影 |
| **complete rest** | 完全休息 | **heart sound** | 心音 |
| **percussion** | 叩診 | **auscultation** | 聽診 |
| **antibiotics** | 抗生素 | **electrocardiogram** | 心電圖 |
| **pain killer** | 止痛藥 | **palpation** | 觸診 |
| **X-ray** | X 光 | **inspection** | 視診 |
| **allergy** | 過敏 | **urine** | 尿液 |
| **doctor's orders** | 醫囑 | | |

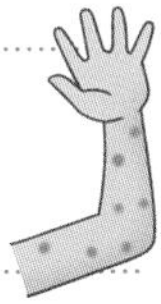

# 5-9 各式各樣的生理現象

## yawn
呵欠

**His lectures make me yawn.**
他的課讓我想打呵欠。

## sneeze
噴嚏

**I tried not to sneeze.**
我試著不要打噴嚏。

## break wind
放屁

**The koala often breaks wind.**
無尾熊經常放屁。

## burp
打飽嗝

**The koala burps a lot too.**
無尾熊也很常打嗝。

## hiccup
打嗝

**The koala couldn't stop hiccupping.**
無尾熊無法停止打嗝。

## cough
咳嗽

**I sometimes cough.**
我偶爾會咳嗽。

打呵欠、打噴嚏、打嗝……這些只要是人類都會有的生理現象，你都能用英文表達嗎？

## snore
打呼

**The koala snores very loudly.**
無尾熊打呼很大聲。

## vomit
嘔吐

**The koala is vomiting.**
無尾熊正在嘔吐。

## goose bumps
雞皮疙瘩

**I get goose bumps when I see snakes.**
我看到蛇就會起雞皮疙瘩。

## blush
臉紅

**The koala blushed.**
無尾熊臉紅了。

## saliva
口水

**Saliva runs from my lip.**
口水從我的唇間流出。

## snivel
流鼻涕

**The koala was constantly sniveling.**
無尾熊一直流著鼻涕。

要記得喔！

這一頁中有許多單字同時是名詞也是動詞。例如 yawn 指「呵欠」，但也可以像例句一樣作為「打呵欠」的動詞使用。

# 5-10 跟運動相關的詞彙

## 運動

**warm up**
暖身

**work out**
健身

**stretch**
伸展

**push-up**
伏地挺身

**sit-up**
仰臥起坐

**back extension**
背部伸展

**plank**
平板支撐

**squat**
深蹲

**handstand**
手倒立

**headstand**
頭倒立

**chin-up**
引體向上

**treadmill**
跑步機

**stationary bike**
飛輪車

**bench**
仰臥推舉

**barbell**
槓鈴

**dumbbell**
啞鈴

要保持充沛體力，就必須培養運動習慣。這一頁的單字對喜歡健身的人來說是必備詞彙。趁這個機會也一起學習怎麼說肌肉的英文名稱吧！

## 各肌肉部位

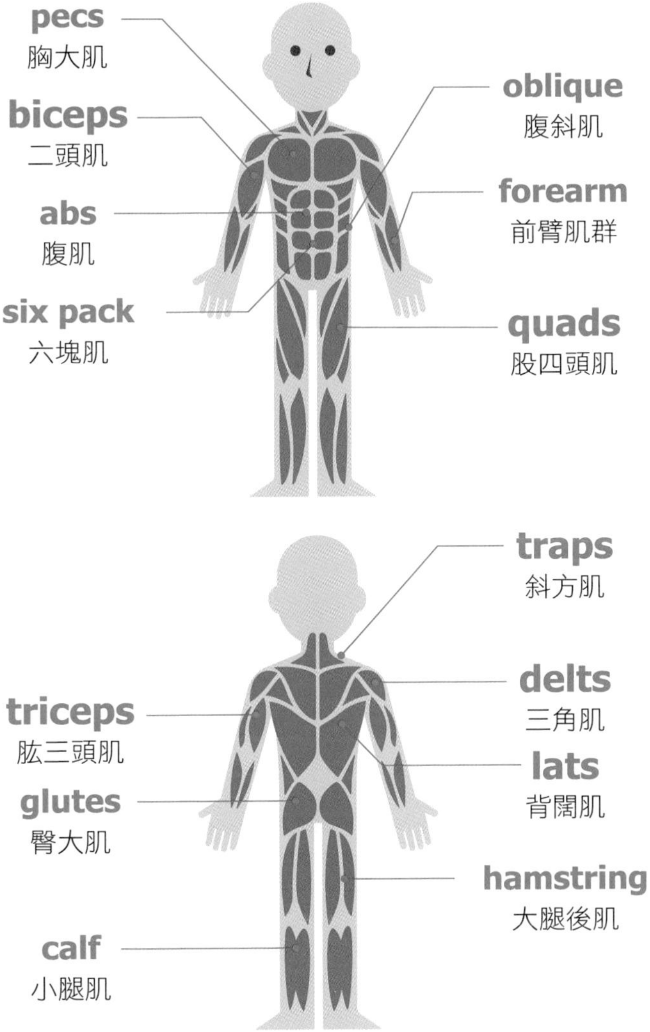

column

# 各式各樣的恐懼症

**acrophobia**
懼高症

**claustrophobia**
密閉恐懼症

**nyctophobia**
黑暗恐懼症

**trypophobia**
密集恐懼症

**aichmophobia**
尖端恐懼症

**megalophobia**
巨物恐懼症

**xenophobia**
仇外情緒

**scopophobia**
注視恐懼症

phobia 指「恐懼症」。據說人感到恐懼的對象大致可以分為三種。第一種是針對特定的事物或動物；第二種是與地點有關；第三種則是與社會環境有關。除了最為人所知的懼高症及密閉恐懼症之外，其實還有各種不同的恐懼症。

**agoraphobia**
廣場恐懼症

**entomophobia**
昆蟲恐懼症

**bibliophobia**
書籍恐懼症

**aerophobia**
飛機恐懼症

**androphobia**
恐男症

**gynophobia**
恐女症

**coulrophobia**
小丑恐懼症

**euphobia**
幸福恐懼症

column

# 英文裡的表情符號一覽

:)

:|

:’)

:-/

;)

:D

B)

B|

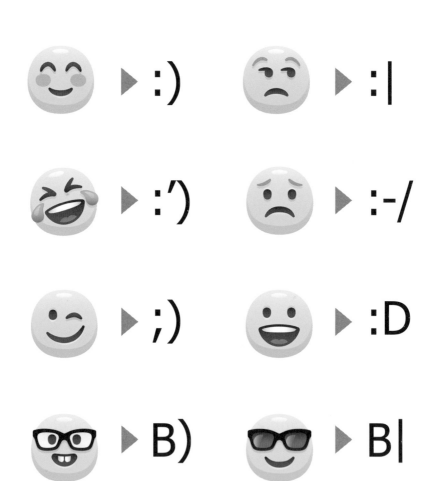

表情符號（顏文字）在英文裡稱為 emoji。一起來看看國外特有的表情符號吧！可以特別注意到，日本的表情符號主要是以眼睛來表現情緒，而其他國家的表情符號則主要以嘴巴形狀來表現情緒。

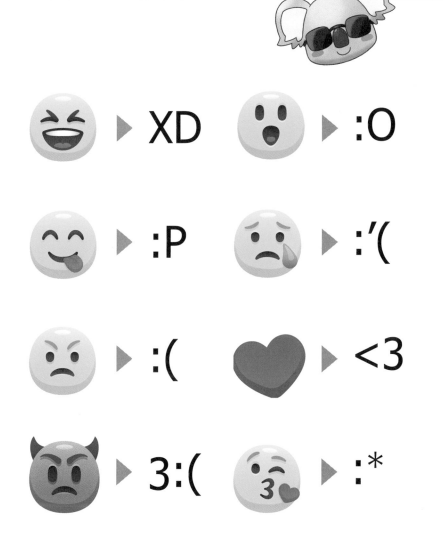

 ▶ XD

 ▶ :O

 ▶ :P

 ▶ :'(

 ▶ :(

 ▶ <3

 ▶ 3:(

 ▶ :*

# 6

# 潮流、時尚

和初次見面的人在閒聊時，
如果能稱讚對方打扮的話，
就能一口氣拉近雙方的距離。
學習如何因時制宜的選擇服裝，
也是與外國人交流時很重要的能力喔！

## 6-1 各式各樣的髮型、鬍子

### 髮型

**bob**
鮑伯頭

**bun**
丸子頭

**blunt bangs**
齊瀏海

**mushroom cut**
蘑菇頭

**plaits**
辮子

**ponytail**
馬尾

**pigtails**
雙馬尾

**wavy**
大波浪

**loose curly hair**
鬆散捲髮

**bowl cut**
鍋蓋頭

**one-length haircut**
無層次髮型

**afro**
爆炸頭

這一頁介紹各種髮型及鬍子造型。可以特別注意，馬尾在英文中也是 ponytail（馬的尾巴），而雙馬尾則叫做 pigtails（豬的尾巴）。

**crew cut**
平頭

**shaved head**
光頭

**bald head**
禿頭

**buzz cut**
寸頭

**undercut**
削邊頭

**shaved sides**
側邊剃平

鬍子

**beard**
下巴的鬍鬚

**stubble**
短鬍渣

**five-o'clock shadow**
當天長出的鬍渣

**mustache**
唇上的髭

**goatee**
山羊鬍

**sideburns**
鬢角

# 6-2 去髮廊的必備詞彙

**get a haircut**
剪頭髮

**thin out**
打薄

**trim one's bangs**
修齊瀏海

**comb one's hair**
梳頭髮

**set one's hair**
做造型

**tidy one's hair**
整理頭髮

**bleach one's hair**
漂髮

**have split ends**
頭髮分岔

**grow one's hair**
將頭髮留長

**give one's hair a treatment**
護髮

難得出國一趟，大家可能會想嘗試在有明星御用造型師的知名沙龍剪剪看頭髮。在這一頁學習理髮基本詞彙，下次就能向造型師表達自己想要的造型了。

**do up one's hair**
紮起頭髮

**get a perm**
燙捲

**get a straight perm**
燙直

**keep the length**
不改變長度

**go gray**
長白頭髮

**untie one's hair**
解開頭髮

**dye one's hair**
染髮

**go bald**
禿頭

**練習說說看！**

- Just a trim here, please.（請修一下這邊就好。）
- Could you cut the back a bit shorter?（可以請你把後面剪短一點嗎？）
- I would like this hairstyle.（〈提供照片〉我想要這樣的造型。）

# 6-3 與化妝相關的詞彙

**put on sunscreen**
塗防曬

**put on foundation primer**
塗妝前打底

**put on foundation**
塗粉底

**put on eyeliner**
畫眼線

**apply mascara**
塗睫毛膏

**put on false eyelashes**
戴上假睫毛

skincare-conscious person（重視皮膚保養的人）一定要看！可能不少人已經知道這些步驟的英文要怎麼說了。將這些詞彙及化妝時的動作一起搭配記憶吧！

**shape one's eyebrows**
修眉毛

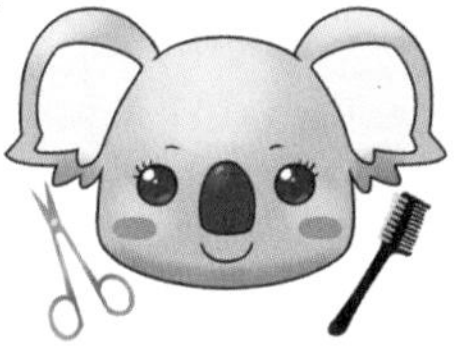

**draw one's eyebrows**
畫眉毛

**put on eye shadow**
擦眼影

**apply lipstick**
塗口紅

**put on blush**
塗腮紅

**pin up one's hair**
以髮夾固定頭髮

**要記得喔！**

大家可能認為 put on 是指「穿衣服」的意思。不過其實除了衣服之外，這個片語也可以廣泛用於其他加諸在身體的動作上，如 put on a hat（戴帽子）、put on shoes（穿鞋子）、put on weight（增重）等。

# 6-4 與時尚相關的形容詞

**loose**
寬鬆的

**tight**
緊的

**fancy**
花俏的

**plain**
樸素的

**drab**
單調的

**attractive**
迷人的

穿衣時尚是表現一個人性格的一大要素。國外可能會有人穿著我們完全無法想像的特殊服裝！一起來學習形容穿搭的相關詞彙吧！

**cute**
可愛的

**beautiful**
美麗的

**gorgeous**
華麗的

**sexy**
性感的

**stylish**
流行的

**ugly**
醜陋的

**elegant**
優雅的

**polished**
精緻的

**comfy**
舒服的

**untidy**
邋遢的

**要記得喔！**

據說外國人在看到陌生路人穿著好看的衣服時，也會習慣直接稱讚對方。我們可能會有點害羞，不過用正面的形容詞特別誇大的去讚美對方，才能表達自己的想法。

# 6-5 各式各樣的圖紋

**polka dots**
圓點

**stripes**
條紋



**floral**
花形圖案

**checkered**
格紋

**camouflage**
迷彩

**geometric**
幾何圖案

在選擇衣服和包包時，商品的圖紋非常重要。如果能向店員描述自己想要找的樣式，也許就能找到自己喜歡的衣服。你喜歡什麼圖紋呢？

**Japanese arabesque**
日式唐草紋

**paisley**
變形蟲花紋

**Nordic pattern**
北歐圖騰

**zebra stripe**
斑馬紋

**leopard pattern**
豹紋

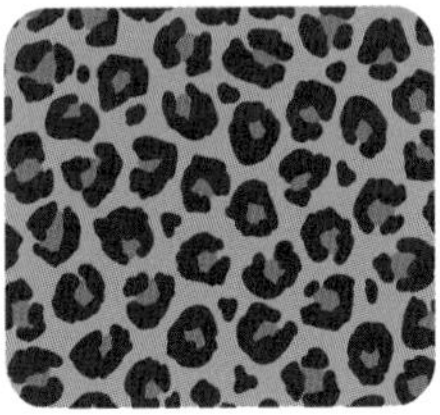

**herringbone pattern**
人字紋

# 6-6 正式及休閒的衣服

男性

| 燕尾服 | 無尾禮服 | 深色西裝 |
| --- | --- | --- |
| **white tie**<br>白領結（最正式的聚會場合）<br>宮廷晚宴 | **black tie**<br>黑領結（次正式的聚會場合）<br>正式宴會 | **formal**<br>正式的（場合）<br>婚禮等 |

女性

| 落地晚宴服 | 長晚禮服 | 較長的高雅洋裝 |
| --- | --- | --- |

國外在參加商務場合或稍微正式的派對時，可能會指定服裝。這一頁囊括了「不知道這輩子有沒有機會穿到」的 white tie 到得體的 casual 風格，一起用英文學習服裝禮儀吧！

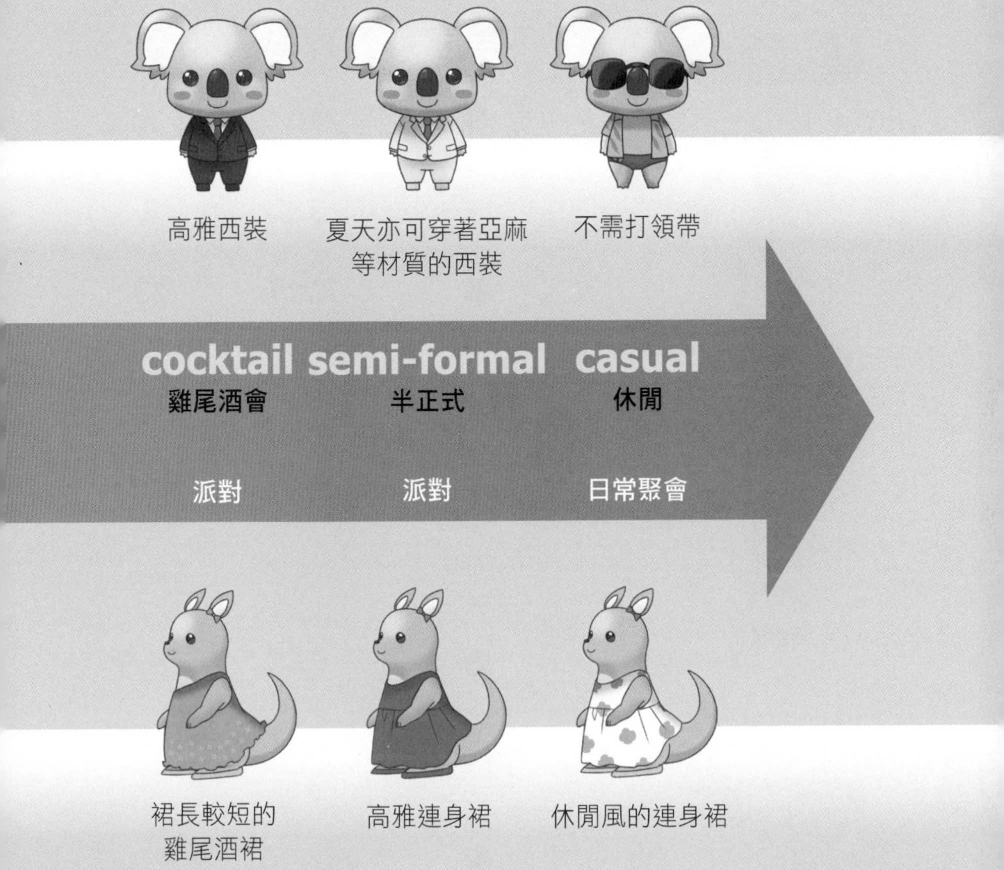


**要記得喔！**

最正式的 white tie 和 black tie 的定義非常明確，不過再往下的著裝視文化及個人差異，經常會有差別。順帶一提，birthday suit 不是指「生日時穿的華麗衣服」，而是「出生時就穿在身上的服裝」，即裸體。

column

# 衣服、鞋子的尺寸對照表

## 女性

| | | | |
|---|---|---|---|
| 衣服 | | 4 | 6 |
| | | 7 | 9 |
| 鞋子 | | 5.5 | 6 |
| | | 22.5 | 23 |

## 男性

| | | | |
|---|---|---|---|
| 衣服 | | 34 | 36 |
| | | 1(S) | 2(M) |
| 鞋子 | | 7 | 7.5 |
| | | 25 | 25.5 |

## 兒童

| | | | |
|---|---|---|---|
| 衣服 | | 2T | 3T |
| | | 80-90 | 90-100 |
| 鞋子 | | 6 | 6.5-7 |
| | | 13 | 13.5 |

在外國購物時，常會因為日本規格跟歐美的衣服及鞋子尺寸不同而感到困擾。這時看這張對照表即可一目瞭然，請影印下來帶去購物吧！

| | | | | |
|---|---|---|---|---|
| 8 | 10 | 12 | | |
| 11 | 13 | 15 | | |

| | | | |
|---|---|---|---|
| 6.5 | 7 | 7.5 | 8 |
| 23.5 | 24 | 24.5 | 25 |

| | | | |
|---|---|---|---|
| 38 | 40 | 42 | 44 |
| 3(L) | 4(LL) | 5(3L) | 6(4L) |

| | | | |
|---|---|---|---|
| 8 | 8.5 | 9.5 | 10 |
| 26 | 26.5 | 27.5 | 28 |

| | | | | |
|---|---|---|---|---|
| 4T | 5 | 6-7 | 8 | 9-10 |
| 100-110 | 110 | 120 | 130 | 130-140 |

| | | |
|---|---|---|
| 7-7.5 | 8 | 8.5 |
| 14 | 14.5 | 15 |

column

# 世界各國的服飾

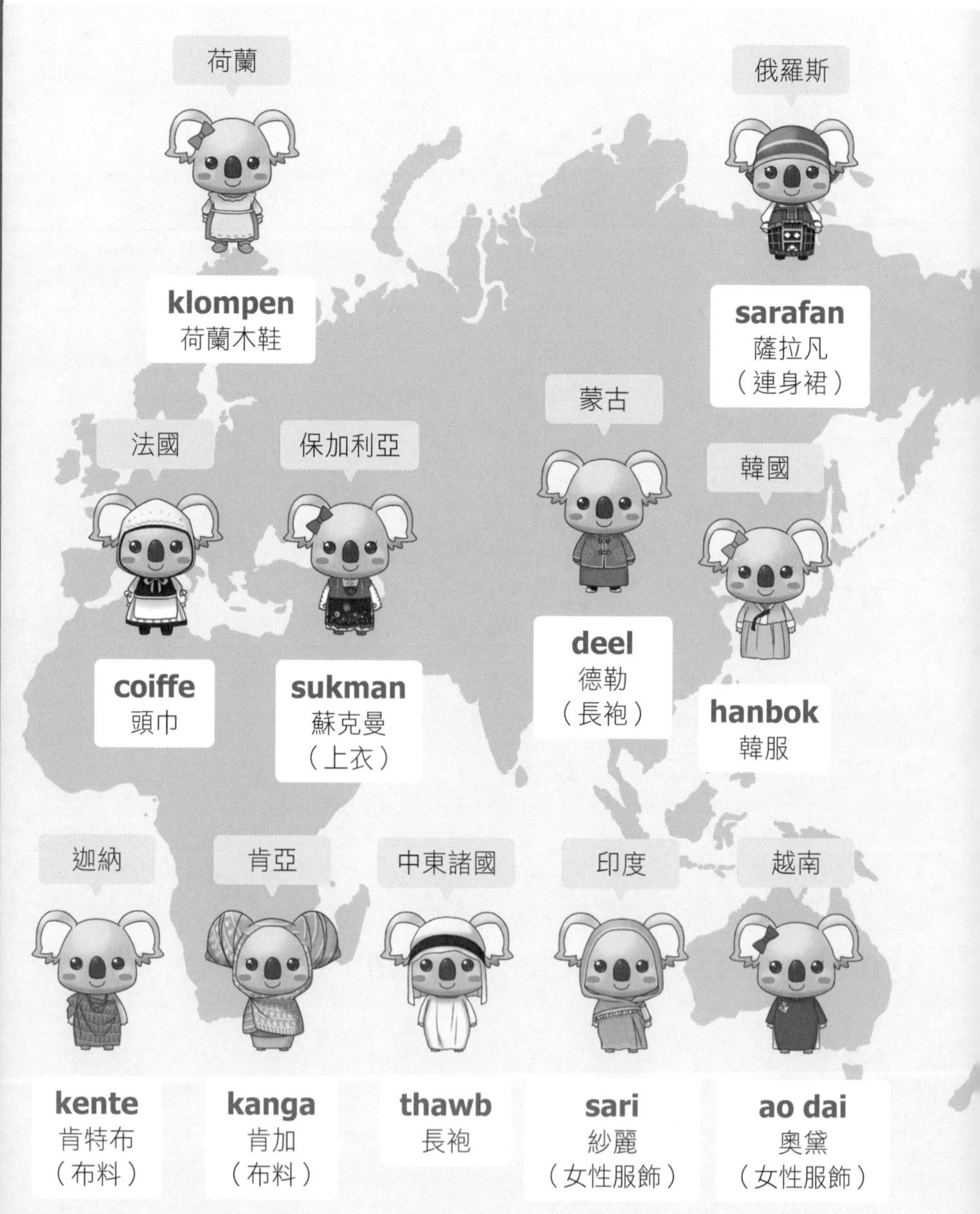
荷蘭
klompen
荷蘭木鞋
俄羅斯
sarafan
薩拉凡
（連身裙）
蒙古
deel
德勒
（長袍）
法國
coiffe
頭巾
保加利亞
sukman
蘇克曼
（上衣）
韓國
hanbok
韓服
迦納
kente
肯特布
（布料）
肯亞
kanga
肯加
（布料）
中東諸國
thawb
長袍
印度
sari
紗麗
（女性服飾）
越南
ao dai
奧黛
（女性服飾）

世界各國充滿了許多各具特色的民族服飾。如果去查找這些民族服飾背後的文化背景，也非常有趣喔！你喜歡哪個民族的傳統服飾呢？

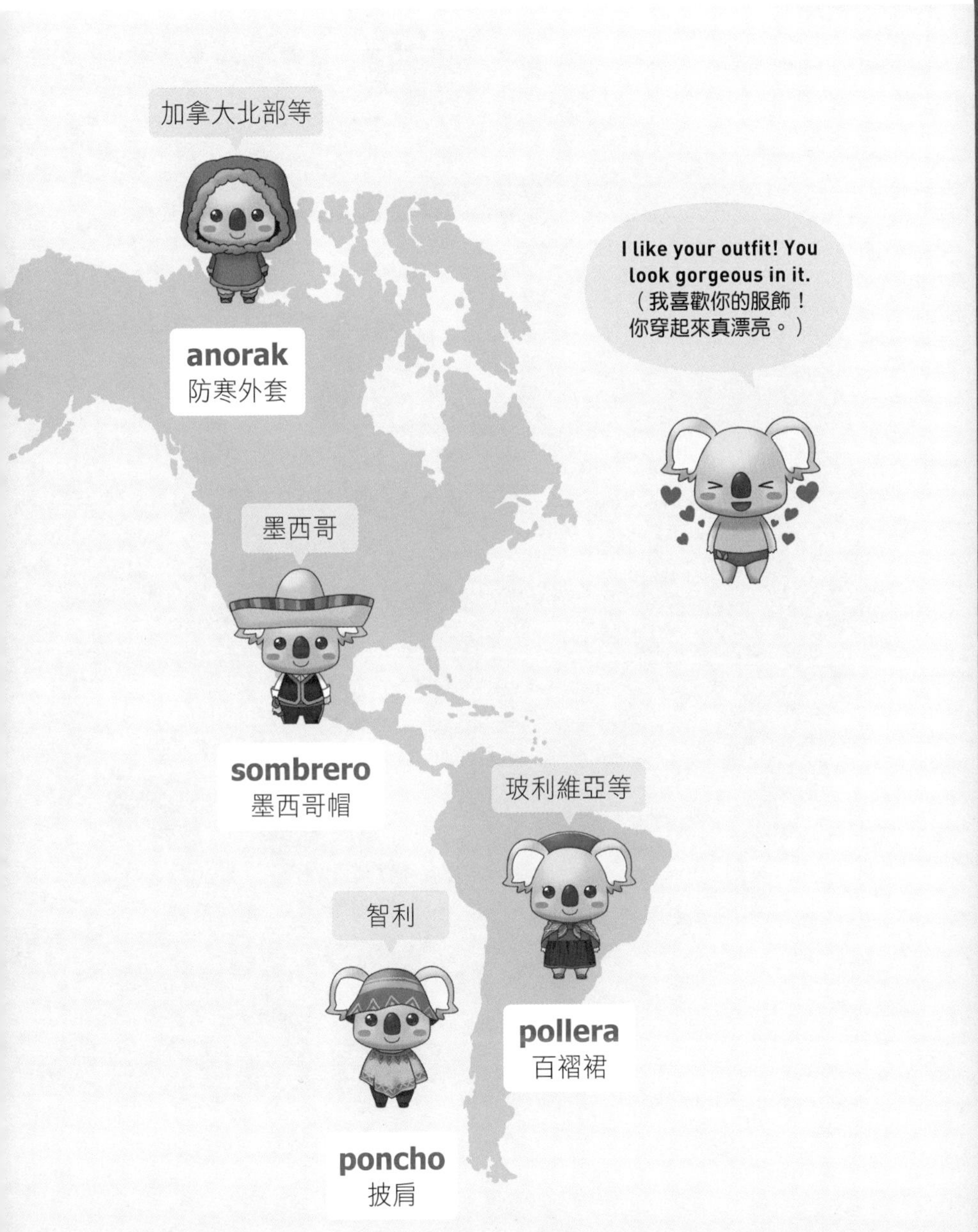

# 7

# 職業、商務

應該有不少人
都以能在工作上使用英文為學習目標吧？
另外即使不在外商工作，
近來藉由電子郵件和電話等
與海外夥伴交流的機會也逐漸增加。
本章將介紹在職場上實用的基本詞彙。

# 7-1 各式各樣的職稱、部門

## 職稱

**chairman**
董事長
|
**vice chairman**
副董事長
|
**president** —— **representative director**
總裁 —— 代表董事
|
**executive vice president**
執行副總裁
|
**chief of headquarters**
分公司總經理
|
**department chief**
處長
|
**section chief**
課長
|
**assistant manager**
副理

**auditor**
審計員

**representative director**
代表董事
|
**secretary**
祕書

**director**
協理

公司中的課長和處長，英文該怎麼說呢？這一頁介紹最基本常用的職稱，另外也蒐集了較具代表性的幾個部門名稱。

## 部門

| | | |
|---|---|---|
| **human resource department**<br>人資部 | **general affairs department**<br>總務部 | **accounting department**<br>會計部 |
| **legal department**<br>法務部 | **planning department**<br>企劃部 | **sales department**<br>業務部 |
| **public relations department**<br>公關部 | **editorial department**<br>編輯部 | **manufacturing department**<br>製造部 |
| **logistics department**<br>物流部 | **audit department**<br>審計部 | **product planning department**<br>產品企劃部 |

**要記得喔！**

最近增加了許多新的職位名稱，如 CEO（Chief Executive Officer，執行長）、COO（Chief Operating Officer，營運長）、CFO（Chief Financial Officer，財務長）、CTO（Chief Technology Officer，技術長）等，公司、部門、團隊的組成也更加複雜。這一頁所介紹的只是其中一部分。

7 - 2

# 日本小學生夢想職業 Top 10

## 職業排名

**第 1 名** **pastry chef** 糕點師

**第 2 名** **police officer** 警察

**第 3 名** **soccer player** 足球選手

**第 4 名** **YouTuber** YouTuber

**第 5 名** **nursery teacher** 幼稚園老師

**第 6 位** **doctor** 醫師

**第 7 位** **baseball player** 棒球選手

**第 8 位** **researcher** 研究員

**第 9 位** **driver** 司機

**第 10 位** **baker** 麵包師

日本學研教育綜合研究所「小學生白皮書 Web 版」2020 年 8 月調查
https://www.gakken.co.jp/kyouikusouken/whitepaper/202008/chapter6/01.html

這一頁藉由「夢想職業排名」，介紹了從常見職業到新興職業等各式各樣的職業名稱。各位小朋友讀者的夢想是什麼呢？各位大人讀者，還記得自己小時候的夢想嗎？

## 未上榜但也很受歡迎的職業

**astronaut**
太空人

**lawyer**
律師

**zoo/aquarium caretaker**
動物飼育員

**politician**
政治家

**pop idol**
偶像

**interpreter**
口譯員

**cartoonist**
漫畫家

**pharmacist**
藥師

**voice actor**
聲優

**entrepreneur**
企業家

**film director**
電影導演

**nutritionist**
營養師

世界上有好多奇怪的職業喔！
據說美國肯塔基州的動物園中有專門餵蛇喝奶的員工（snake milker），另外美國國家航空暨太空總署（NASA）則因為要進行睡眠研究而有專業睡覺員（professional sleeper）。

# 7-3 辦公室詞彙

**go to work**
上班

**leave work**
下班

**work from home**
居家上班

**go on a business trip**
出差

**have a meeting**
開會

**give a presentation**
進行簡報

**get promoted**
升遷

**work overtime**
加班

**have a day off**
休假

**work shifts**
排班制

**go on maternity leave**
休產假

**call in sick**
請病假

上班、開會、簡報、下班。我們每天進行的工作事項中，是否也包含了大家不太會用英文表達的詞彙呢？這一頁整理了商務英文中必備的基本用語。

| | |
|---|---|
| **annual leave** | 特休假 |
| **in-house mail** | 內部郵件 |
| **labor regulations** | 勞動規範 |
| **working hours** | 工作時間 |
| **employee ID card** | 員工證 |
| **salary** | 薪水 |
| **company housing** | 公司宿舍 |
| **boss** | 上司 |
| **title** | 職稱 |
| **predecessor** | 前任者 |
| **successor** | 繼任者 |
| **termination** | 解雇 |

I'm exhausted because I have worked overtime every day this week.
（我這週每天都在加班，快累垮了。）
Did you know that Koala will get promoted next month?
（你知道無尾熊下個月會升職嗎？）

# 7-4 英文新聞關鍵字 經濟、政治

Koala Daily News

經濟相關

| | |
|---|---|
| **bad debt** | 不良債權（呆帳） |
| **economic downturn** | 經濟衰退 |
| **deregulation** | 放鬆管制 |
| **reluctance to lend** | 謹慎放貸 |
| **public funds** | 公共基金 |
| **bankruptcy** | 破產 |
| **blue chip stock** | 績優股 |
| **bubble economy** | 泡沫經濟 |
| **business cycle** | 景氣循環 |
| **cyclical bottom** | 景氣循環谷底 |
| **inflation** | 通貨膨脹 |
| **deflation** | 通貨緊縮 |
| **unemployed** | 失業者 |
| **household income** | 家戶收入 |
| **government revenue** | 政府收入 |

應該有不少人為了學習英文而閱讀外國的新聞吧？這裡介紹政治及財經新聞中經常出現的基本單字及用語。

## 政治相關

| | |
|---|---|
| **cabinet** | 內閣 |
| **coalition cabinet** | 聯合內閣 |
| **congress** | 國會 |
| **bureaucrat** | 官僚 |
| **President** | 總統 |
| **Prime Minister** | 總理 |
| **lawmaker** | 議員 |
| **bill** | 法案 |
| **approval ratings** | 支持率 |
| **constitution** | 憲法 |
| **regulation** | 法規 |
| **treaty** | 條約 |
| **ally** | 同盟 |
| **national referendum** | 全國公投 |
| **parachuting** | 空降（公務員至民間機關就職） |

不同國家對「國會」的稱呼各不相同。日本稱為 diet，英國稱作 parliament，美國及中南美洲則多稱為 congress。

# 7-5 英文新聞關鍵字 環境、社會

Koala Daily News

環境問題

| | |
|---|---|
| global warming | 全球暖化 |
| population explosion | 人口爆炸 |
| ozone layer | 臭氧層 |
| ultraviolet radiation | 紫外線 |
| emission control | 排放控制 |
| greenhouse gas | 溫室氣體 |
| air pollution | 空氣汙染 |
| marine pollution | 海洋汙染 |
| soil pollution | 土壤汙染 |
| forest conservation | 森林保護 |
| desertification | 沙漠化 |
| extinction | 絕種 |
| threatened species | 受威脅物種 |
| nuclear waste | 核廢料 |
| eco-bags | 環保袋 |

環境問題是近年來受到世界矚目的議題，尤其全球暖化是亟待處理的問題。

## 社會問題

| | |
|---|---|
| **child abuse** | 虐童 |
| **job shortage** | 就業機會短缺 |
| **in-home separation** | 家庭內離婚（彼此無情感，只維持法律上的婚姻關係） |
| **brain death** | 腦死 |
| **death with dignity** | 尊嚴死 |
| **digital divide** | 數位落差 |
| **birthrate** | 出生率 |
| **depopulation** | 人口減少 |
| **average life span** | 平均壽命 |
| **aging society** | 高齡化社會 |
| **tendency to marry later** | 晚婚趨勢 |
| **declining birthrate** | 少子化 |
| **marginal village** | 因人口外流及高齡化瀕臨滅村的聚落 |
| **gender gap** | 性別落差 |
| **fatherless family** | （只有母親的）單親家庭 |

你知道最近常提到的 **SDGs** 是什麼的縮寫嗎？ **Sustainable Development Goals**（永續發展目標）是聯合國高峰會所通過的目標，旨在 **2023** 年前創造更美好的世界。

7-6

# 改成正式的詞彙／英文郵件的結尾

| 非正式動詞 | | | 正式動詞 | |
|---|---|---|---|---|
| get | 得到 | ▶ | receive | 收到 |
| help | 幫助 | ▶ | support | 支援 |
| buy | 買 | ▶ | purchase | 購買 |
| ask | 問 | ▶ | inquire | 詢問 |
| tell | 告訴 | ▶ | inform | 通知 |
| need | 需要 | ▶ | require | 需要 |
| see | 看 | ▶ | refer to | 參考 |
| enough | 足夠 | ▶ | sufficient | 充分 |
| try | 試 | ▶ | attempt | 嘗試 |
| book | 訂 | ▶ | reserve | 預約 |
| end | 結束 | ▶ | terminate | 終止 |

人們常說「英文中沒有敬語」，但實際上並非如此。在英文裡，我們可以用同樣語意的正式詞彙來替換掉非正式詞彙。特別在商務場合或學術圈中，應該要能活用較為正式的表達方式。

**信件結尾**

正式

**Sincerely,**
誠摯地

**Kind regards,**
表達誠摯的敬意

**Best regards,**
發自內心表達敬意

**Regards,**
表達敬意

**Thank you,**
感謝您

**Thanks,**
謝謝

非正式

# 7-7 商務訊息中常用的縮寫

**FYI :** for your information
給您參考

**FYR :** for your reference
給您參考

**TBA :** to be announced
待公佈

**TBC :** to be confirmed
確認中

**TBD :** to be determined
待定

**OOO :** out of office
不在辦公室

**ASAP :** as soon as possible
盡早

**RSVP :** répondez s'il vous plaît
敬請回覆

**COB :** close of business
下班時間

**ETD :** estimated time of departure
預計出發時間

**ETA :** estimated time of arrival
預計到達時間

**NRN :** no reply necessary
無須回覆

在商務上的電子郵件或訊息中，也經常會用到不同縮寫。尤其 ASAP、COB、PIC 等都是可稱為常識等級的常見詞彙。在職場上活用這些縮寫吧！

**KOM :** kick off meeting
專案啟動會議

**LMK :** let me know
告訴我

**WIP :** work in progress
作業進行中

**PIC :** person in charge
負責人

**BTW**：by the way
順帶一提

**EOF :** end of file
檔案結尾

**MTG**：meeting
會議

**MGR**：manager
經理

**AL**：annual leave
特休假

**MTD**：month to date
月初至今

**YTD**：year to date
年初至今

**NR**：no return
不回公司

練習說說看！

- **FYR**, I have attached the paper.（我附上報告給您參考。）
- Mr. Koala is **OOO**.（無尾熊先生目前不在辦公室。）
- **BTW** Koala, who is the **PIC** of the **MTG** next time?（無尾熊，順便問一下，下次會議的負責人是誰？）

# 7-8 你不知道的符號

## 一般符號

|  |  |  |
|---|---|---|
| @ | **at sign** | 在 |
| # | **hash** | 井號 |
| - | **dash** | 連接號 |
| : | **colon** | 冒號 |
| ; | **semicolon** | 分號 |
| , | **comma** | 逗號 |
| . | **period** | 句點 |
| _ | **underscore** | 底線 |
| & | **ampersand** | 和 |
| ! | **exclamation mark** | 驚嘆號 |
| > | **greater than** | 大於 |
| < | **less than** | 小於 |
| " " | **double quotation** | 雙引號 |
| ( ) | **brackets** | 括號 |
| { } | **curly brackets** | 大括號 |
| [ ] | **square brackets** | 中括號 |

這裡介紹經常用到的特殊符號。大家知道這些符號原本的名稱嗎？在商務上，如果說不出符號名稱可能會造成困擾。請大家連同下面的各國貨幣符號一起背起來吧！

## 貨幣符號

| | | | |
|---|---|---|---|
| $ | ฿ | ₫ | € |
| **dollar** | **baht** | **đồng** | **euro** |
| 美金 | 泰銖 | 越南盾 | 歐元 |
| ₭ | ₾ | ₺ | ₦ |
| **kip** | **lari** | **lira** | **naira** |
| 寮國基普 | 喬治亞拉里 | 土耳其里拉 | 奈及利亞奈拉 |
| ₱ | £ | ៛ | ₽ |
| **peso** | **pound** | **riel** | **ruble** |
| 菲律賓比索 | 英鎊 | 柬埔寨瑞爾 | 俄羅斯盧布 |
| ₹ | ₮ | ₩ | ₪ |
| **rupee** | **tögrög** | **won** | **new shekel** |
| 印度盧比 | 蒙古圖格里克 | 韓元 | 以色列新謝克爾 |

# 7-9 性別友善的替換詞彙

可替換詞彙！

| | | | | |
|---|---|---|---|---|
| **mankind** | 人類 | ▶ | **humankind** | 人類 |
| **young man** | 年輕人 | ▶ | **young person** | 年輕人 |
| **manhood** | 成人 | ▶ | **adulthood** | 成人 |
| **Englishmen** | 英國人 | ▶ | **the English** | 英國人 |
| **manhole** | 人孔蓋 | ▶ | **maintenance hole** | 人孔蓋 |
| **manpower** | 勞動力 | ▶ | **workforce** | 勞動力 |
| **mother tongue** | 母語 | ▶ | **native language** | 母語 |
| **mother country** | 母國 | ▶ | **homeland** | 祖國 |
| **king-size** | 加大雙人床 | ▶ | **very large** | 加大雙人床 |
| **sportsman** | 運動員 | ▶ | **athlete** | 運動員 |

日本以前會將空服員稱為 stewardess（空姐），現在則稱為 flight attendant（空服員）。stewardess 指的是女性服務員，男性則稱作 steward。由於空服員不是只有女性，因而變更稱呼。其實英文中還有許多類似這樣的單字。

**可替換詞彙！**

| | | | | |
|---|---|---|---|---|
| **workman** | 勞工 | ▶ | **worker** | 勞工 |
| **chairman** | 主席 | ▶ | **chairperson** | 主席 |
| **businessman** | 生意人 | ▶ | **businessperson** | 生意人 |
| **waitress** | 服務生 | ▶ | **server** | 服務生 |
| **stewardess** | 空姐 | ▶ | **flight attendant** | 空服員 |
| **doorman** | 門僮 | ▶ | **doorkeeper** | 門房 |
| **bag boy** | 桿弟 | ▶ | **caddy** | 球僮 |
| **maid** | 女傭 | ▶ | **house cleaner** | 清潔人員 |
| **housewife** | 家庭主婦 | ▶ | **housemaker** | 家管 |
| **fireman** | 消防員 | ▶ | **firefighter** | 消防員 |

column

# 電話號碼的唸法

## 基本規則

規則 1　基本一個數字一個數字往下唸

規則 2　不唸出連接號，一口氣唸完

規則 3　零唸作「Oh」

規則 4　出現多個相同數字時唸為 double / triple

規則 5　出現多個零時唸為 hundred / thousand

在預約餐廳或旅遊行程時，經常會需要報出自己的電話號碼。如果你曾因不知道怎麼唸數字而感到困擾，這一頁將會解決你的問題。

## 實際唸唸看！

| | |
|---|---|
| 03-1234-5678 | oh three, one two three four, five six seven eight |
| 021-446-5558 | oh two one, double four six, triple five eight |
| 06-0500-4000 | oh six, oh five hundred, four thousand |

column

# 日期的寫法及唸法

## 美國式

寫法為【月 / 日 / 年】

寫法 1 **2 / 9 / 19**

寫法 2 **2 / 9 / 2019**

寫法 3 **February 9, 2019**

寫法 4 **February 9th, 2019**

唸法為【月 日 年】依序唸出

**February ninth twenty nineteen**

### 寫日期的注意事項！

- 美國在「日」的後面會加上 ,（comma），英國則不會。
- 寫法 1 和寫法 2 中的 /（slash）亦可以改為 -（hyphen）。
- 寫法 1 和寫法 2 比較非正式，寫法 3 及寫法 4 較為正式。

我們在寫日期時會依「年、月、日」的順序列出，如「2019 年 2 月 9 日」。不過不同國家寫日期的順序也會有所差異。這一頁介紹美國式和英國式的日期寫法、唸法及注意事項。

## 英國式

寫法為【日 / 月 / 年】

| | |
|---|---|
| 寫法 1 | **9 / 2 / 19** |
| 寫法 2 | **9 / 2 / 2019** |
| 寫法 3 | **9 February 2019** |
| 寫法 4 | **9th February 2019** |

唸法為【the 日 of 月 年】依序唸出

**The ninth of February twenty nineteen**

### 寫日期的注意事項！

- 「日」使用序數（$1^{st}$、$2^{nd}$ 等）。
- 英國在「日」前面會加上 The，在「月」前面會加上 of，美國則不會這麼唸。
- 唸西曆年份時要將前兩位及後兩位分開唸出，不過 2000 ~ 2009 須直接以四位數唸出，2010 年之後則兩種唸法皆可。

# 8

# 計算、數學

英文裡有不少數字、數學相關詞彙

和中文說法相差甚遠，

許多單字會讓人一時反應不過來。

有些人可能連數學中基礎的「加減乘除」

都沒辦法用英文表達出來。

把本章的詞彙學起來，就能讓人刮目相看！

# 8-1 計算及數學詞彙

| + | − | × | ÷ |
| --- | --- | --- | --- |
| addition<br>加 | subtraction<br>減 | multiplication<br>乘 | division<br>除 |
| 1 + 1 = 2 | 2−1 = 1 | 2×3 = 6 | 6÷3 = 2 |
| 1 plus 1 is 2<br>1 加 1 等於 2 | 2 minus 1 is 1<br>2 減 1 等於 1 | 2 times 3 is 6<br>2 乘以 3 等於 6 | 6 divided by 3 is 2<br>6 除以 3 等於 2 |
| Z | 1.32 | 1.3 | 1.32 |
| integer<br>整數 | decimal fraction<br>小數 | decimal<br>小數點 | first decimal place<br>小數點後第一位 |

你能用英文表達計算及數學相關的詞彙嗎？如果打算去美國等地留學，必須要考 SAT 或 GRE 等數學測驗。在這一頁把基礎數學的英文單字全都記起來吧！

| | | | |
|---|---|---|---|
| 4 | 3 | 0.5 ▶ 1 | 1.2 ▶ 2 |
| **even number** | **odd number** | **round off** | **round up** |
| 偶數 | 奇數 | 四捨五入 | 無條件進位 |
| 1.8 ▶ 1 | 6 的約數：1, 2, 3, 6<br>9 的約數：1, 3, 9 | 6 的倍數：6, 12, 18, 24<br>9 的倍數：9, 18, 27, 36 | $\frac{1}{2}$ |
| **round down** | **greatest common divisor** | **least common multiple** | **fraction** |
| 無條件捨去 | 最大公約數（公因數） | 最小公倍數 | 分數 |
| $\frac{1}{2}$ | $\frac{1}{2}$ | $\frac{3}{2}$ | $1\frac{1}{2}$ |
| **numerator** | **denominator** | **improper fraction** | **mixed fraction** |
| 分子 | 分母 | 假分數 | 帶分數 |

# 8 - 2 數字及符號的唸法

**小數**

| 2.3 | 0.12 | 3.141 |
|---|---|---|
| two point three | zero point one two | three point one four one |

**分數**

| $\frac{1}{4}$ | $\frac{3}{5}$ | $2\frac{2}{3}$ |
|---|---|---|
| one quarter<br>4 分之 1 | three fifths<br>5 分之 3 | two and two thirds<br>2 又 3 分之 2 |

**乘冪（次方）**

| $4^2$ | $5^3$ | $6^4$ |
|---|---|---|
| four squared<br>4 的 2 次方 | five cubed<br>5 的 3 次方 | six to the power of four<br>6 的 4 次方 |

小數、分數、次方——也許用英文表達這些詞彙的機會並不多，不過需要時若能即時反應，距離英文母語者的程度就又更近了一步！

## 數學符號

$A \neq B$

**A is not equal to B.**
A 不等於 B

$A > B$

**A is greater than B.**
A 大於 B

$A < B$

**A is less than B.**
A 小於 B

$A \geqq B$

**A is greater than or equal to B.**
A 大於等於 B

$A \leqq B$

**A is less than or equal to B.**
A 小於等於 B

$A \fallingdotseq B$

**A is nearly equal to B.**
A 約等於 B

$A \equiv B$

**A is congruent to B.**
A 與 B 全等

$A \perp B$

**A is perpendicular to B.**
A 垂直於 B

$A // B$

**A is parallel to B.**
A 平行於 B

8-3

# 各式各樣的 平面圖形、立體形體

## 平面圖形

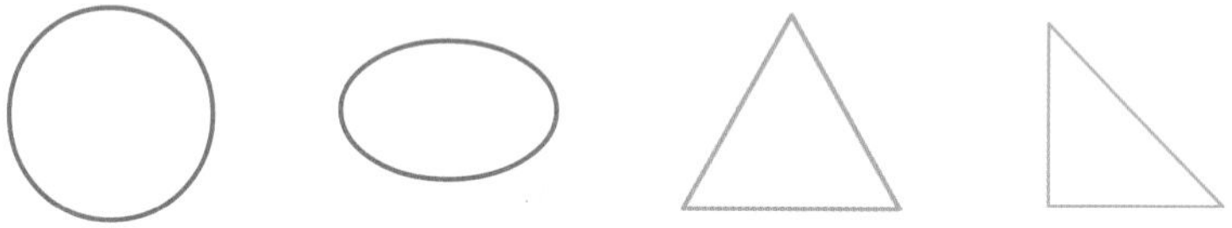

**circle** 圓

**oval** 橢圓形

**triangle** 三角形

**right-angled triangle** 直角三角形

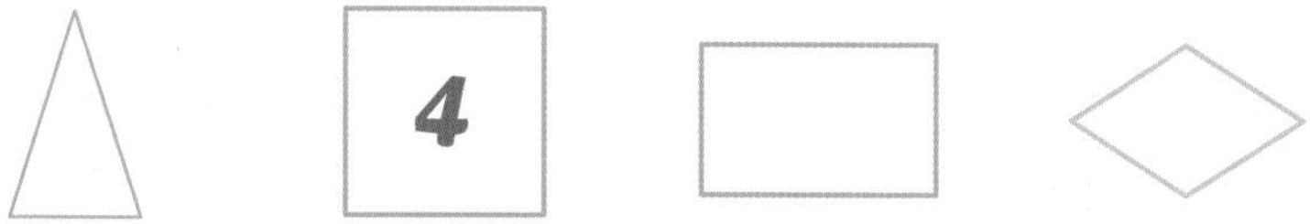


**isosceles triangle** 等腰三角形

**square** 正方形

**rectangle** 長方形

**diamond** 菱形

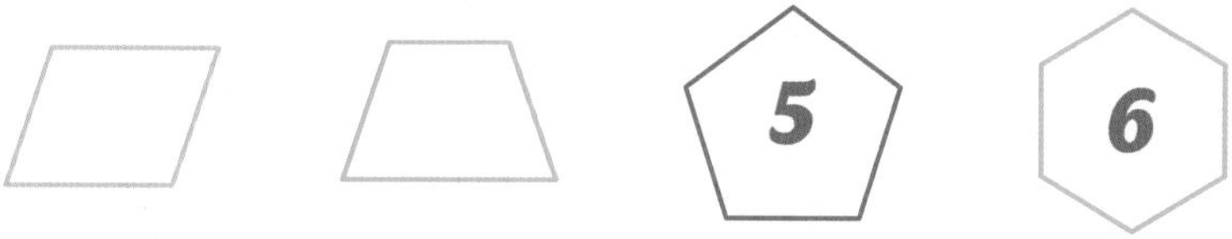


**parallelogram** 平行四邊形

**trapezoid** 梯形

**pentagon** 五邊形

**hexagon** 六邊形

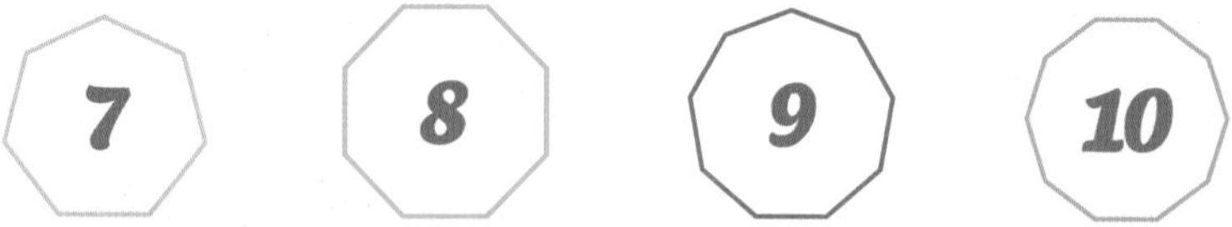


**heptagon** 七邊形

**octagon** 八邊形

**nonagon** 九邊形

**decagon** 十邊形

好像知道又說不太出來的英文單字中，最具代表性的莫過於平面圖形或立體形體的名稱。大家也許說得出「圓形」或「三角形」，不過你們知道「菱形」、「梯形」的英文嗎？順帶一提美國國防部被稱為「The Pentagon」，即是因為其所在的建築物五角大廈是五邊形的建築。

## 立體形體

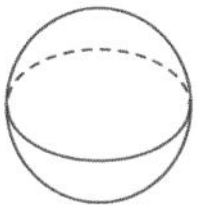

**sphere**
球體

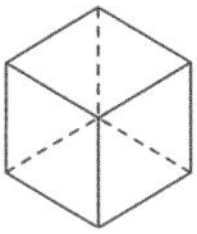

**cube**
立方體

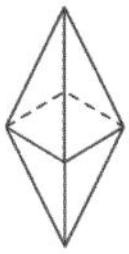

**octahedron**
八面體

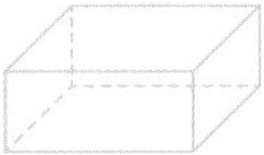

**rectangular cuboid**
長方體

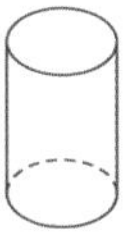

**cylinder**
圓柱體

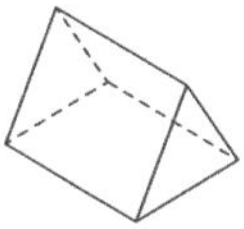

**triangular prism**
三角柱

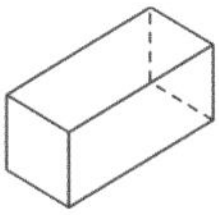

**quadrangular prism**
四角柱

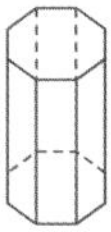

**hexagonal prism**
六角柱

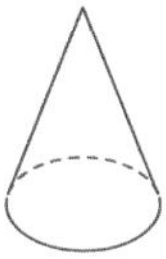

**cone**
圓錐體

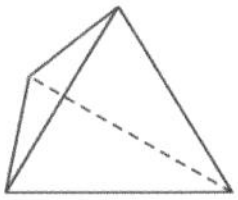

**triangular pyramid**
三角錐

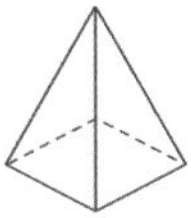

**quadrangular pyramid**
四角錐

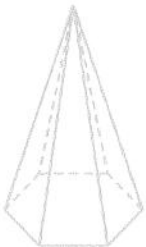

**hexagonal pyramid**
六角錐

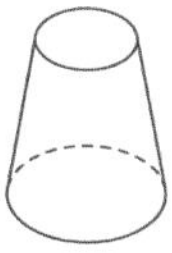

**truncated cone**
圓錐台

**truncated triangular pyramid**
三角錐台

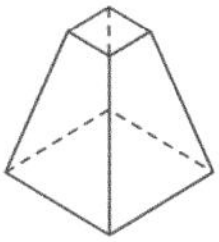

**truncated quadrangular pyramid**
四角錐台

**truncated hexagonal pyramid**
六角錐台

# 8-4 面積、體積公式

## 面積

$\pi r2$

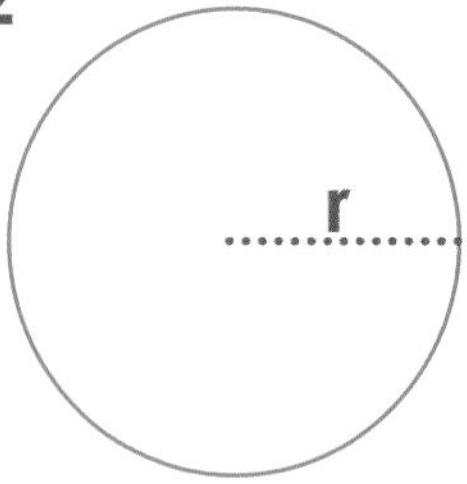


**The area of a circle is equal to pi times the radius squared.**

圓面積為 π 乘以半徑平方

$b \times h$

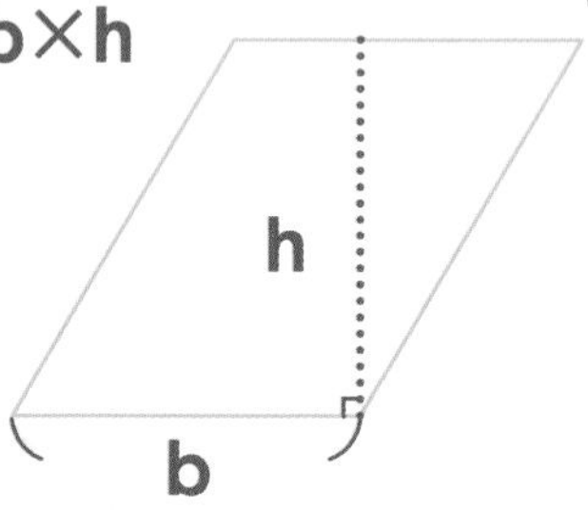


**The area of a parallelogram is equal to its base times the height.**

平行四邊形面積為底乘以高

$\frac{b \times h}{2}$

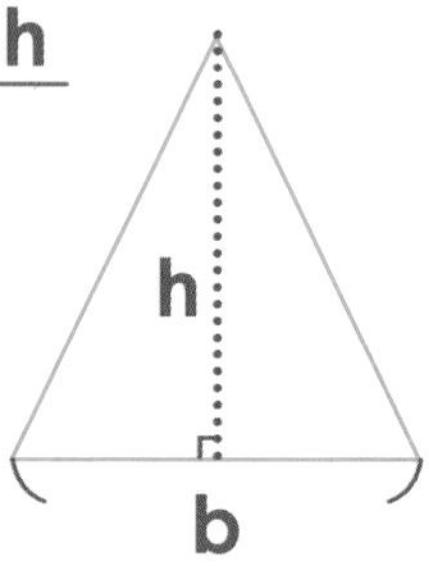


**The area of a triangle is equal to its base times the height divided by two.**

三角形面積為底乘以高除以 2

$\frac{(a+b) \times h}{2}$

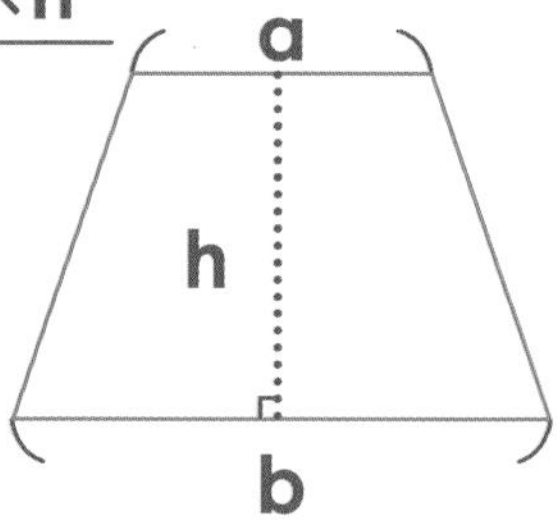

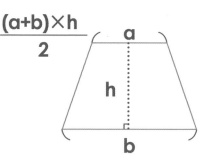

**The area of a trapezoid is equal to the sum of both bases times height divided by two.**

梯形面積為先上底加下底，再乘以高除以 2

這些數學課上教的面積及體積公式，除了用中文唸之外，如果還能用英文背出來，是不是很帥呢？把這些公式跟上數學課一樣背起來吧！背完還能順便記得「面積」、「半徑」、「底邊」等單字，可以說是一舉數得。

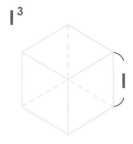

## 體積

$l^3$

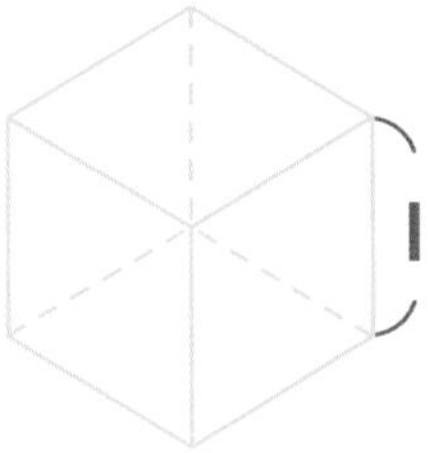


**The volume of a cube is equal to the length of one of its sides cubed.**

立方體體積為單邊邊長的 3 次方

$\frac{b \times l \times h}{3}$

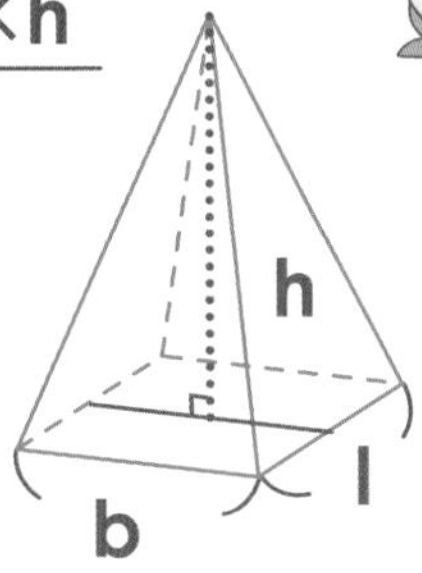


**The volume of a pyramid is equal to the area of its base times the height divided by three.**

四角錐體積為底面積乘以高除以 3

$\frac{4\pi r^3}{3}$

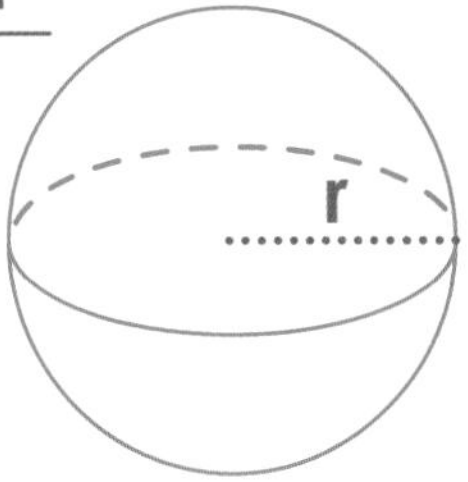


**The volume of a sphere is equal to four times pi times the radius cubed divided by three.**

球體體積為 4π 乘以半徑的 3 次方再除以 3

$4\pi r^2$

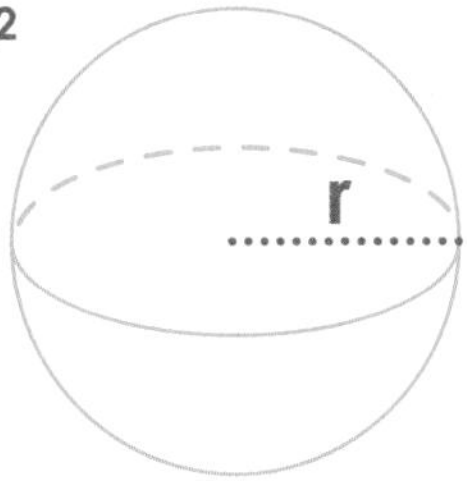


**The surface area of a sphere is equal to four times pi times radius squared.**

球體表面積為 4π 乘以半徑的 2 次方

# 8 - 5 圓和線

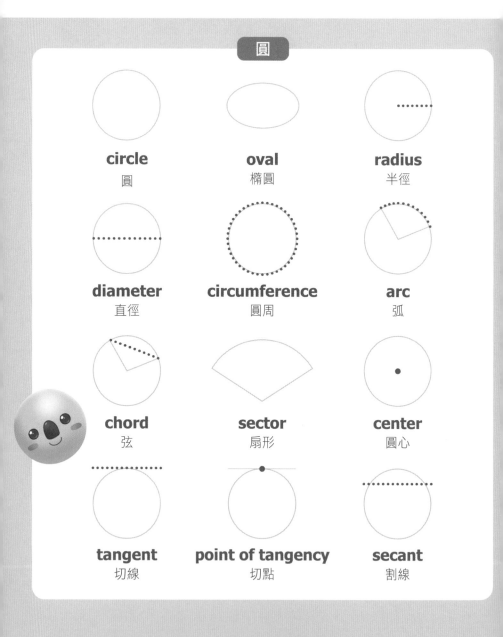

## 圓

**circle**
圓

**oval**
橢圓

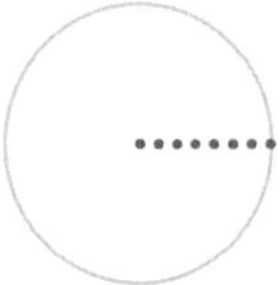

**radius**
半徑

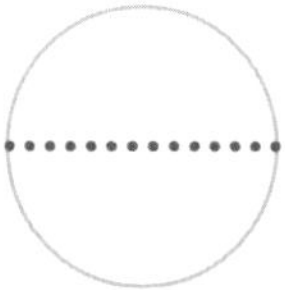

**diameter**
直徑

**circumference**
圓周

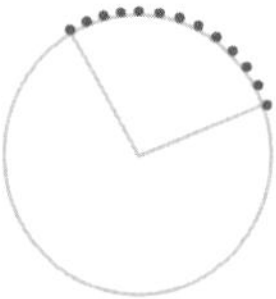

**arc**
弧

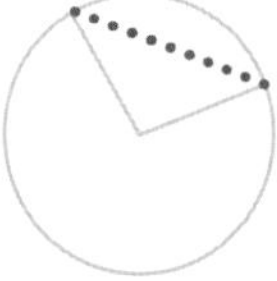

**chord**
弦

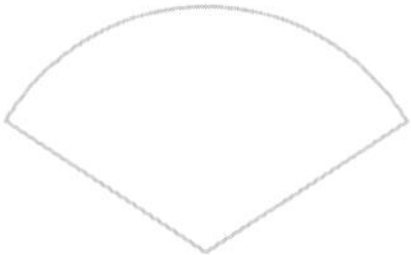

**sector**
扇形

**center**
圓心

**tangent**
切線

**point of tangency**
切點

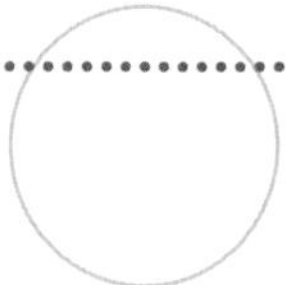

**secant**
割線

與圓相關的英文單字乍看之下很難，不過仔細一看會發現很多都是在學校裡就學過的詞彙。與線相關的詞彙則都是由簡單的英文單字組合而成。

## 線

| | |
|---|---|
| 實線 | **continuous line** |
| 圓點虛線 | **dotted line** |
| 虛線 | **dashed line** |
| 單點鍊線 | **long dashed<br>short dashed line** |
| 雙點鍊線 | **long dashed<br>double-short dashed line** |
| 雙實線 | **double line** |
| 長虛線 | **long dashed line** |
| 粗線 | **bold line** |
| 細線 | **thin line** |
| 波浪線 | **wavy line** |
| 鋸齒線 | **jagged line** |

# 8-6 圖表的種類及用法

比較數或量的大小

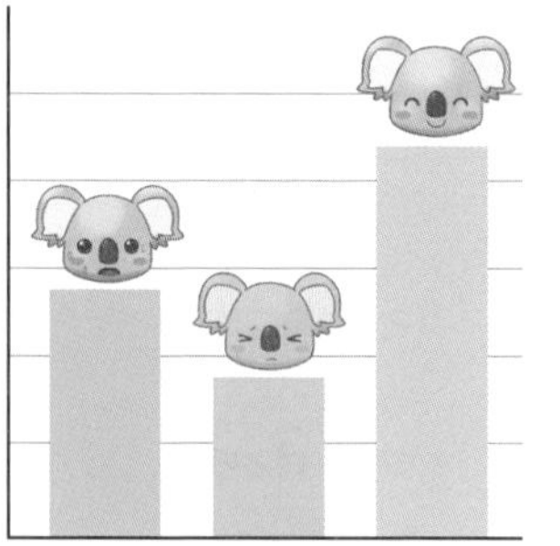

**bar graph**

長條圖

表現變化的主因

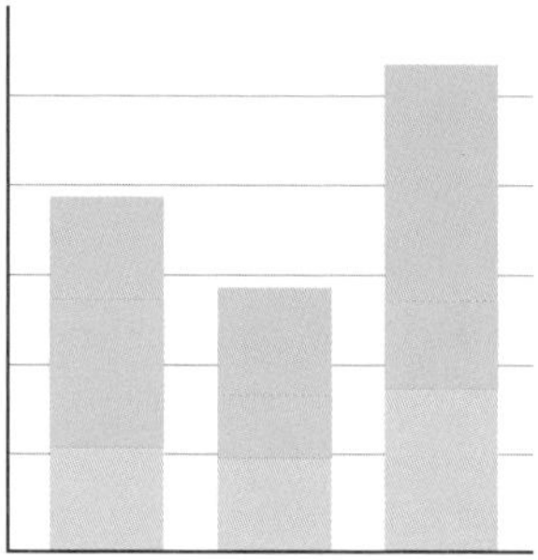

**cumulative bar graph**

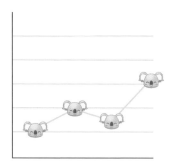

堆疊長條圖

強調變化

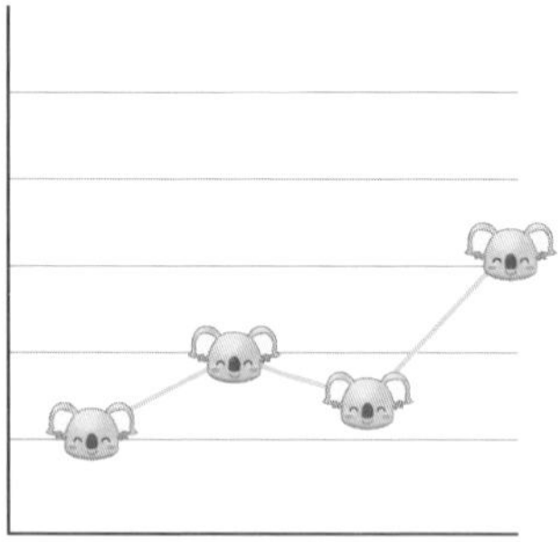

**line graph**

折線圖

比較各組成之比例

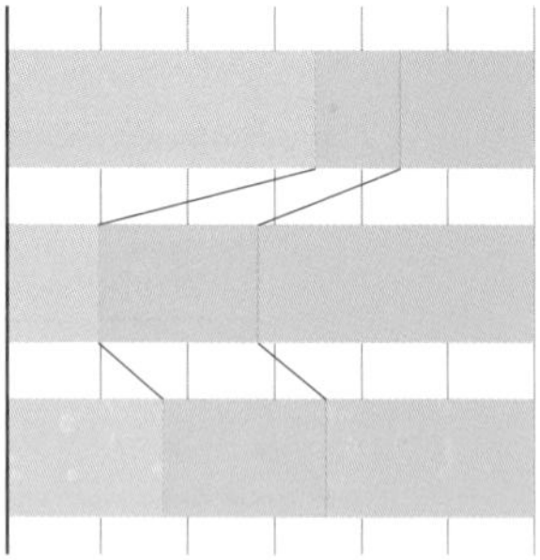

**horizontal bar graph**

橫向長條圖

進行商務簡報時，圖表可說是不可或缺的工具。這一頁同時介紹各圖表的特徵，讓大家可以依照自己想傳遞的訊息選擇適合的圖表。

呈現組成比例

**pie chart**

圓餅圖

呈現數據間的關係

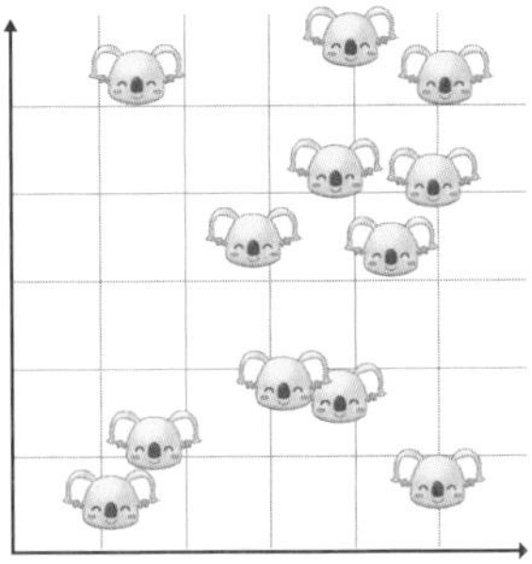

**scatter diagram**

散布圖

呈現 3 種以上的變數

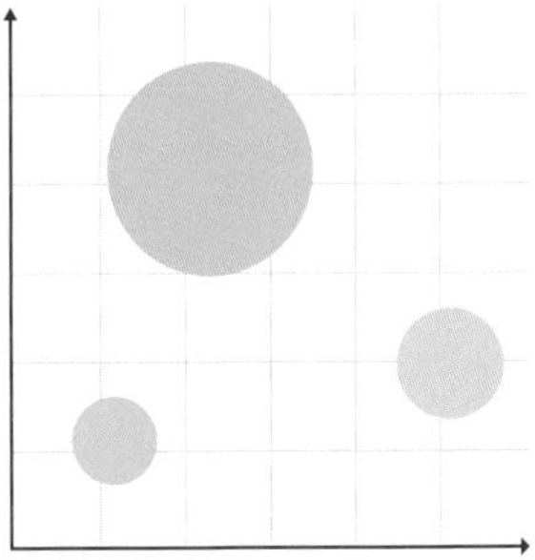

**bubble chart**

氣泡圖

呈現及比較多種指標

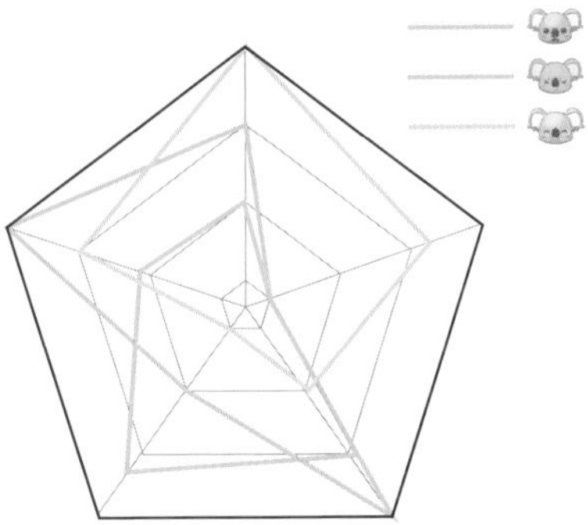

**radar chart**

雷達圖

column

# 較大數字的數法

## 重點

◎英文中每三個位數加一個逗號，（comma）進位至下一組單位。

◎ thousand = 千、million = 百萬、billion = 十億，這幾個單位經常會用到，最好先背起來。

◎實際在讀數字時，也是每三個位數一組讀出即可。舉例來說「987,654,321」在英文中的唸法如下：

**Nine hundred eighty seven million,**

**six hundred fifty four thousand,**

**three hundred twenty one.**

英文是三個位數一組，
中文則是四個位數一組，
真是麻煩呢……


1

10

100

1,000

10,000

100,000

1,000,000

10,000,000

100,000,000

1,000,000,000

10,000,000,000

100,000,000,000

1,000,000,000,000

應該有不少人碰到較大的數字就唸不太出來了，不過英文中的數字唸法其實比中文更簡單。只要掌握「每加一個逗號就往上進一組」的概念，就能簡單用英文讀出數字。

| | |
|---|---|
| **one** | 個 |
| **ten** | 十 |
| **a hundred** | 百 |
| **a thousand** | 千 |
| **ten thousand** | 萬 |
| **hundred thousand** | 十萬 |
| **a million** | 百萬 |
| **ten million** | 千萬 |
| **hundred million** | 億 |
| **a billion** | 十億 |
| **ten billion** | 百億 |
| **hundred billion** | 千億 |
| **a trillion** | 兆 |

column

# 用 Dolce & Gabbana 的香水學習邏輯運算

杜嘉 **AND** 班納的香水

杜嘉 **OR** 班納的香水

杜嘉 **XOR** 班納的香水

對不熟悉數學或資訊科技的人而言，邏輯運算實在令人難以理解。不過這在電腦程式語言中是不可或缺的存在。透過 Dolce & Gabbana（杜嘉班納）的香水瓶，你也能輕鬆快樂地讀懂邏輯運算！

杜嘉 **NAND** 班納的香水

杜嘉 **NOR** 班納的香水

杜嘉 **XNOR** 班納的香水

# 9

# 動物

在本章，會發現許多英文慣用語都包含了動物。

有些動物形象膽小；有些則象徵貪婪，

英文母語者有著驚人的豐富想像力。

有機會的話，不妨和來自其他文化圈的朋友

分享各自文化中不同動物的形象，

可能會非常有趣喔！

# 9 - 1 動物幼獸的名稱

**duckling**
雛鴨

**duck**
鴨

**gosling**
雛鵝

**goose**
鵝

**lamb**
仔羊

**sheep**
羊

**calf**
牛犢

**cow**
牛

**foal**
駒

**horse**
馬

**eaglet**
雛鷹

**eagle**
鷹

**chick**
雛雞

**rooster**
雞

**cygnet**
天鵝幼鳥

**swan**
天鵝

我們通常只會用「幼牛」、「幼貓」、「幼豬」等，在動物名稱前面加「幼」的方式來稱呼幼獸，不過英文中則會以不同單字稱呼。

**puppy**
幼犬

**dog**
狗

**kitten**
幼貓

**cat**
貓

**bunny**
幼兔

**rabbit**
兔

**piglet**
豬崽

**pig**
豬

**fawn**
小鹿

**deer**
鹿

**owlet**
貓頭鷹幼鳥

**owl**
貓頭鷹

**joey**
小無尾熊

**koala**
無尾熊

**joey**
小袋鼠

**kangaroo**
袋鼠

# 9 - 2 不同性別的動物名稱

貓

**tom** **queen**

狐狸

**fox** **vixen**

孔雀

**peacock** **peahen**

綿羊

**ram** **ewe**

雞

**rooster** **hen**

豹

**leopard** **leopardess**

除了幼獸及成獸之外，在英文中有時也會用不同的單字來分別稱呼公獸及母獸。雖然性別弄錯了也不至於影響溝通，但還是一起來學正確的稱呼方式吧！

虎

**tiger** **tigress**

牛

**bull** **cow**

鹿

**buck** **doe**

獅

**lion** **lioness**

馬

**stallion** **mare**

無尾熊

**male koala** **female koala**

# 9-3 各式各樣的動物群體

**a pack of dogs**

一群狗

**a herd of horses**

一群馬

**a gaggle of geese**

一群鵝

**a pod of whales**

一群鯨魚

**a school of fish**

一群魚

**a troop of monkeys**

一群猴子

**要記得喔！**

goose 的複數型為 geese。fish 的單複數則皆為 fish。

不管是哪種動物，基本上都可以用「一群○○」的方式來表達。不過英文裡居然依照動物的種類不同，表達「群集」的單字也不一樣。仔細看這些單字，會發現它們反映出了各種動物的特徵及形象。

**a colony of bats**

一群蝙蝠

**a sloth of bears**

一群熊

**a band of gorillas**

一群黑猩猩

**a pride of lions**

一群獅子

**a drove of pigs**

一群豬

**a murder of crows**

一群烏鴉

# 9-4 來自動物名稱的形容詞

**piggish**
貪婪的

**sheepish**
害羞的

**catty**
壞心眼的

**snaky**
陰險的

**hawkish**
強硬的

**mulish**
頑固的

**mousy**
膽小的

**goosey**
膽怯的、蠢的

**weaselly**
狡猾的

這一頁收錄各種源自動物名稱的形容詞，多數單字帶有負面語意。從這些單字可以看出英語圈的人們對於這些動物都抱著什麼樣的印象。

**sluggish**
緩慢的

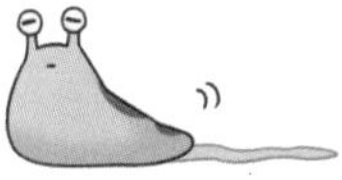

**bullish**
頑固的

**antsy**
煩躁的

**ratty**
寒酸的

**reptilian**
卑鄙的

**bearish**
粗魯的

**foxy**
性感的

**wolfish**
貪婪的

**doeish**
純潔的

練 習 說 說 看 ！

Koala used a **snaky** trick to cheat on the exam.
（無尾熊在考試中使用了陰險的手段來作弊。）

# 9-5 被用來罵人的可憐動物

**whale**
胖子

**pig**
貪心骯髒的傢伙

**rat**
叛徒

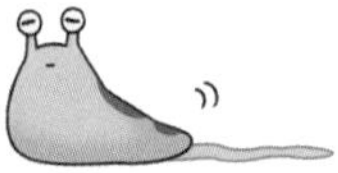

**slug**
慢郎中

**parasite**
厚顏無恥的人

**toad**
令人厭惡的人

**peacock**
虛榮者

**vulture**
趁人之危者

日本人也會用「chicken」來形容懦弱沒出息的人，而英文中還有其他用來罵人的動物。不過要特別留意，這些詞彙都帶有相當強烈的惡意，不是可以隨意脫口對人說的話。

**chicken**
懦夫

**shark**
剝削他人者

**monkey**
搗蛋鬼

**dog**
可悲的人

**ape**
個頭大又醜的人

**trout**
醜惡的老太婆

**leech**
依附他人吸取利益者

**lamb**
窩囊廢、沒用的人

**練習說說看！**

這一頁介紹的單字皆為名詞。請看以下的例句。

The Koala company is famous for being a **shark** in the industry.

（無尾熊公司在該業界是以剝削出名的。）

# 9-6 各式各樣的動物叫聲

| | 動物 | 動詞 | 叫聲 |
|---|---|---|---|
|  | **dog** 狗 | **bark** 吠 | **bow-wow** 汪汪 |
|  | **cat** 貓 | **meow** 喵喵叫 | **mew** 喵 |
|  | **tiger** 虎 | **roar** 嘯 | **roar** 吼 |
|  | **cow** 牛 | **moo** 哞哞叫 | **moo** 哞 |
|  | **mouse** 鼠 | **squeak** 啾啾叫 | **eek-eek** 啾啾 |
|  | **pig** 豬 | **oink** 嚄嚄叫 | **oink-oink** 嚄嚄 |
|  | **sheep** 羊 | **bleat** 咩咩叫 | **bah-bah** 咩咩 |
|  | **horse** 馬 | **neigh** 嘶嘶叫 | **neigh** 嘶嘶 |

狗叫聲「汪汪」在英文中是「bow-wow」，貓叫聲「喵喵」在英文中是「mew」，那其他動物又是怎麼叫呢？另外也要注意，同樣是「叫」這個動作，在英文裡其實有許多不同的動詞表達。

| 動物 | 動詞 | 叫聲 |
| --- | --- | --- |
|  **crow** 烏鴉 | **caw** 嘎嘎叫 | **caw-caw** 嘎嘎 |
|  **frog** 青蛙 | **croak** 呱呱叫 | **ribbit-ribbit** 呱呱 |
|  **bird** 鳥 | **tweet** 啾啾叫 | **tweet-tweet** 啾啾 |
|  **chick** 小雞 | **cheep** 唧唧叫 | **cheep-cheep** 唧唧 |
|  **monkey** 猴子 | **chatter** 吱吱叫 | **ook-ook** 吱吱 |
|  **owl** 貓頭鷹 | **hoot** 嗚嗚叫 | **hoot-hoot** 嗚嗚 |
|  **wolf** 狼 | **howl** 嚎叫 | **ow-ow-ow-oooow** 啊嗚 |
|  **rooster** 公雞 | **crow** 咕咕叫 | **cock-a-doodle-do** 咕咕 |

# 9 - 7 動物的身體部位

**whiskers**
鬍鬚

**fang**
尖牙

**muzzle**
口鼻

**trunk**
鼻子

**horn**
角

**antler**
角

**beak**
嘴喙

**talons**
爪子

**mane**
鬃毛

貓咪的鬍鬚、鹿的角、大象的鼻子，甚至是獅子的鬃毛……。這些代表性的動物部位，在英文裡都有專屬的名稱。全部記起來，你就是動物博士了！

**fin**
魚鰭

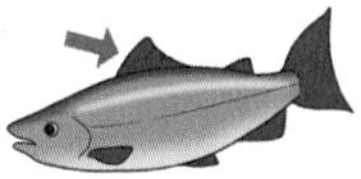

**scale**
魚鱗

**gills**
魚鰓

**blowhole**
噴氣孔

**hoof**
蹄

**paw**
肉掌

**tusks**
長牙

**webbed feet**
蹼

**pouch**
育兒袋

column

# 「like ＋動物」的慣用表達／「動物＋介系詞」的慣用表達

## 「like ＋動物」的慣用表達

**eat like a horse**

食量很大

**drop like flies**

大量倒下或死亡

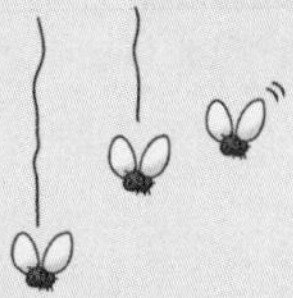

**drink like a fish**

大量飲酒

**fight like cats and dogs**

水火不容

**work like a dog**

非常拼命工作

**run like a horse**

跑得像馬一樣快

我們會說「鳥仔腳」來形容纖瘦的腿，英文中也有許多跟動物相關的比喻和慣用語。

## 「動物＋介系詞」的慣用表達

**pig out**

大吃大喝

**chicken out**

害怕退縮

**clam up**

沉默不語

**wolf down**

狼吞虎嚥

**horse around**

嬉鬧

**monkey around**

搗蛋

**練 習 說 說 看 ！**

Koala started to **drink like a fish** as soon as he arrived at the party.

（無尾熊一到派對上就開始拼命喝酒。）

# 跟動物相關的比喻表達

**as hungry as a wolf**

非常飢餓

**as strong as an ox**

很強壯

**as quiet as a mouse**

默不作聲

**as free as a bird**

自由自在

**as fat as a pig**

極為肥胖

**as blind as a bat**

完全看不見

as ... as A 是意指「和 A 一樣……」的比喻片語，可以像這樣使用動物來比喻人或狀況。第一次聽到這種形容的人可能會以為對方在開玩笑。這一頁介紹幾個具代表性的用法。

**as gentle as a lamb**

相當溫順

**as sly as a fox**

很狡猾

**as slow as a snail**

極為緩慢

**as ugly as a toad**

醜到不行

**as fast as a hare**

速度很快

**as stubborn as a mule**

冥頑不靈

**練 習 說 說 看 ！**

The girl was **as gentle as a lamb** in front of adults.

（那女孩在大人面前安分的和綿羊一樣。）

# 索引 

## A



## B

## C

# F

## G



## H

## I



## J

## N



## O

## P

## Q



## R



## S

## T

## U



## V



## W

## X



## Y



## Z



## 其他

## 參考文獻

《英文母語者教你活用英語形容詞（暫譯，原文為「ネイティブが教える英語の形容詞の使い分け Natural Adjective Usage for Advanced Learners」）》（David A. Thayne ／研究社／ 2013 年）

《這個用英文怎麼說？（暫譯，原文為「これを英語で言えますか？」）》（講談社國際部編輯／講談社／ 1999 年）

「englissu.com」 https://englissu.com/school-events-in-english/

「Wikipedia 日文版」 https://ja.wikipedia.org/wiki/ 民族衣装一覧

「weblio 英語會話專欄」 https://eikaiwa.weblio.jp/column/phrases/natural_english/animal-related- nouns-adjectives/

EZ TALK

# 熊熊沒事學英文單字：

## 課本絕對學不到的2000+超日常詞彙

作　　者：無尾熊學校
譯　　者：吳羽柔
插　　圖：kicori、iStock、shutterstock
主　　編：潘亭軒
責任編輯：謝有容
裝幀設計：初雨有限公司（ivy_design）
內頁排版：初雨有限公司（ivy_design）
行銷企劃：張爾芸

發 行 人：洪祺祥
副總經理：洪偉傑
副總編輯：曹仲堯
法律顧問：建大法律事務所
財務顧問：高威會計師事務所

出　　版：日月文化出版股份有限公司
製　　作：EZ叢書館
地　　址：臺北市信義路三段151號8樓
電　　話：(02) 2708-5509
傳　　真：(02) 2708-6157
網　　址：www.heliopolis.com.tw
郵撥帳號：19716071日月文化出版股份有限公司

總 經 銷：聯合發行股份有限公司
電　　話：(02) 2917-8022
傳　　真：(02) 2915-7212

印　　刷：中原造像股份有限公司
初　　版：2023年9月
定　　價：400元
I S B N：978-626-7329-39-9

熊熊沒事學英文單字：課本絕對學不到的2000+ 超日常詞彙 / 無尾熊學校著；吳羽柔譯. -- 初版. -- 臺北市：日月文化出版股份有限公司, 2023.09
256 面；14.7 x 21 公分. -- (EZ talk:)
譯自：これを英語で言えるかな？こあら式意外と知らない英 語 鑑
ISBN 978-626-7329-39-9 ( 平裝 )
1.CST: 英語 2.CST: 詞彙

805.12　　112010809